아침달 시집

이다음 봄에 우리는

유희경

시인의 말

그림자가 말했다.
천천히 들려줘요.

이제 나는 준비가 되었다.

2021년 가을
유희경

차례

I.
그 겨울은 누구의 장례였나

II.
고백은 필요 없는 것

Ⅲ.
이야기의 테이블

부록

I.

그 겨울은 누구의 장례였나

겨울 정오 무렵

빛이 무너지고 있다 사람들 하나하나 선명하구나 나는 창문을 열고 말해주고 싶었다 여봐요 여기 있어요 마침 플라타너스의 잎 같은 것이 떨어지고 있었지

더없이 환하다 멈추지 않는 음악처럼 우리는 죽어간다 한둘쯤 살아남았겠지만 겨울의 정오 무렵 누가 무엇을 얼마나 기억하고 있을까

나는 창문을 열지 않았고 말하지도 않았다 듣지 못한 사람들 입김처럼 동그랗고 빛은 여전히 무너지는 중이다 플라타너스 잎 같은 것들만 저렇게 남아 있지 않으려 한다

선한 사람 당신

그러니까
선한 사람 당신은
하얀 사각 종이를
사랑해서
앉아 있는 것이다
쓰려는 사람처럼
한밤중에 아침볕 아래
오후에는
시시각각 달라지는
그림자를 따라가며
선한 사람 당신은
기울이듯
기울어가며
하얀 사각 종이를
그것이 아니라면
무엇이라도
사랑할 것이다

선한 사람 당신 곁에
나는
작은 화분을 두고
어제와 오늘을 키운다

그것들의 이름은
매일매일 달라지고
시시각각 자라난다
선한 사람 당신은
기쁨과 슬픔을
구별하지 않는다 그저
잎을 떼내거나
가지를 잘라내는 사람처럼
그것들도
사랑하고 있을 뿐이다

가만있어 봐
창밖을 잊고 있었네
온통 분리되어 있는
봄날과
물 주는 것을 잊어버린
만물의 주인
생각 밖의 일들이
창밖으로 머리를 내밀고
외칠 것처럼
외치지 않는다
새들이 날아오르고

열린 창문이
바람을 들여놓아서
선한 사람 당신의
머리카락
흔들리고 있네
하얀 사각 종이 위에
어지러운 의미들이
드리워졌다가
사라지고
어제와 오늘의 이름들은
자정 쪽으로

그러므로
선한 사람 당신은
사랑받지 않고
꽃의 무게보다
조금 더
내려앉은 가지처럼
행운이 담긴
글자와 선분과 부호처럼
어디에나 있는
하얀 사각 종이 위에서

의지는 없는 것과 같고
지금 막
저녁이 되었다
참 선한 사람 당신은
방금 태어나
울어버리는 사람 같았다

빈 코트

　나의 벽에는 코트가 하나 걸려 있다 나는 저 코트의 주인이 아닐지도 모른다 그런 생각은 내게 단추를 하나 채우도록 만들지만 침묵하는 나의 빈 코트 우리는 얼마나 많은 겨울을 건너온 것일까 몇 번의 밤 몇 개의 느린 눈송이 차마 내려오지 못하던 그 겨울들의 이력 몇 장의 백지 몇 가닥의 마른 손끝 검은 나무들이 날린 잎사귀들의 두려움 기억한다 우리를 비틀거리게 하던 그림자 그림자의 사이 지나쳐버린 속도 배웅해야 했던 웃거나 웃지 못하고 떨어뜨린 딱딱한 이름들 잊지 않을 것이다 한쪽 주머니에서 찾아낸 식은 글자들 꺼내 읽어보려 했던 입술의 창백한 모양 그저 추위와 추위의 하얀 뼈 마침내 하나가 남고 남은 것 떠나려 할 때 어디에 남아 있는 것일까 우리는 벽에 걸린 채 비어 있는 나의 코트 채운 단추를 풀어보려던 작은 힘을 나는 놓쳐버린다 느린 눈송이들은 아직도 떨어지고 있구나 일생을 다한 속도로 그것들은 공중에 남을 것이다 각오를 숨긴 사람들 지나간다 이곳엔 아무것도 없다 나는 알고 있다 나는 벽과 같은 것을 세운 적이 없으므로 어디에도 걸려 있지 않은 나의 빈 코트

◡ 기형도에게

0　　17

그런 잠시 슬픔

더듬다 보면 볼록 튀어나와 있는 것이 있다
나는 이런 것을 아낀다

그래서 겨울을 산다 그래서 스웨터를 입는다 그래서 모자 속에 목도리를 넣는다 그래서 문을 열기 전엔 눈을 감는다 누가 없어도 애써 기억하고 손을 주머니에 넣는다

오늘은 먼저 불을 껐다
깜깜해지면 혼자는 혼자가 아니게 된다

그게 나인 것 같다 덥석 안아서 볼록한 그게 나인 것 같다 그런 것을 누가 아끼는 것만 같고 가정은 사실이 아니니까 그게 나인 것 같다

이제 나는 씩씩해지기로 한다 짜증 나 누가 그런 것 같은데 누가 그랬겠어 그러고 더듬어본다 볼록 튀어나와 있는 것은 겨울과도 이 어둠과도 무관했으면 좋겠다 바닥이 흥건한 것 같지만 기분 탓이지 그래서 나는 문 쪽으로 걸어갔고 문을 열기 전에는 눈을 감았다

이런 잠시 슬픔 목도리를 꺼내는 것을 깜빡하고 스웨터에는 오래된 얼룩들 그렇게 겨울은 산다 불을 끈 건 나였고 깜깜한

것은 나의 일 손을 주머니에 넣고 기억을 뒤적여야 하는 다음
때를 떠올리고 문밖에서는 눈이 부실 때 그런 잠시 슬픔 그런,
잠시 슬픔

안가 安家

그는 안을 들여다보고 있었다 그의 어깨를 툭 치고 싶었다 무얼 그렇게 보느냐고 물어보고 싶었다 그러면 그가 사람이 있어요 하길 바랐다 거기에는 아무도 없고 그가 본 것이 식어버린 석유난로이길 바랐다 그래서 그가 제가 잘못 봤군요 순순히 시인하고 그럼에도 들여다보기를 바랐다

입김이 날렸다 근처에 까치 떼가 있었던 것 같다 까치 떼 찾기를 포기했을 때에도 그는 안을 들여다보고 있었다 이번에는 사람이 춤을 추고 있어요 하길 바랐다 춤을 추고 있는 사람이 있을 리가 그것은 여전히 식어버린 석유난로이길 바랐다 나는 조금 더 추워졌고 까치 떼가 짖어댈 때마다 조금씩 조금씩 더 어두워지고

이제 그는 거의 보이지 않게 되었다 안으로 들어가 안이 되어버리려는 듯이 하지만 가늘게 눈 뜨면 여전히 그는 안을 들여다보고 있었다 어깨를 움츠리고 허리를 굽힌 채 나는 지루해졌고 그가 얼른 석유난로에 불을 붙였으면 하고 바랐다 따뜻해져서 춤을 추고 있기를 바랐다 겨울밤에는 신비로운 일들이 일어나기도 하니까

그런 일은 일어나지 않았다 나는 그의 어깨를 툭 치지 않았으니까 아무것도 물어보지 않았으니까 그는 자리를 떠났고 그

자리에는 깊숙한 발자국만이 남아 어쩔 줄 모르고 있다 나는 내
가 들은 까치 떼의 울음소리가 실제인지 아닌지 그것도 알 수
없었다 이제 문을 열고 들어가 식어버린 석유난로에 불을 넣을
시간 누가 볼 때까지 춤을 추어야 하는

지독한 현상

말을 잇지 못했다 떨어뜨린 모양이야 그러나, 그런 말이 어디 있어 너는 물어보지 않는다 있어 그런 말이 하고 대꾸할 것 없이 그냥 주워야 하는데 그 말은 아주 까맣고 지금은 너무 밤이야 깜깜해 보이지 않는다 나는 쪼그려 앉으려다 말고 바닥을 더듬대는 심정 찾지 못할 것은 알고 있었다 떨어진 것은 숨어버리니까 하지만 볼 수가 없구나 다른 누가 그 말을 주우면 어쩌나 주운 그것을 주머니에 슥 넣고 내가 볼 수 없는 곳으로 더 깜깜한 밤으로 가버리면 어떡하나 걱정이 되었으나 걱정은 말이 될 수 없고 그러니 대답도 될 수 없고 말과 말을 이어주지도 않는다 잇지 못한 저편에 너는 아직 말이 없다 너도 떨어뜨렸나 떨어뜨려 잇지 못하고 있나 그 말은 어떤 색일까 딱딱해서 바닥 위로 튀어올랐다가 도르르 책상 아래로 까만 어둠 속으로 굴러간 것은 아닌지 그런 생각을 하느라고 한참 나는 그대로 있었다

사건

당신은 이국에 있고 이국의 전자상가를 헤매고 있으며 전기 코드가 필요하다. 당신이 접어든 골목은 어둑하고 거기 꽃집이 하나 있고 그 꽃집의 주인은 잔잎들을 정리하고 있을 때 사건은 당신을 이해하기 시작한다. 다른 시간 다른 공간에 있는 당신이더라도. 전기코드는 필요하지 않으며 장미꽃을 충분히 가지고 있거나 필요가 없거나 한 당신이더라도. 사건은 당신을 이해하기 시작했으며 그치지 않는다. 이제 당신은 이국에서 돌아와 차에 앉아 있다. 당신이 아이를 혼자 마켓에 들여보내고 아이가 없는 삶에 대해 생각하다 불쑥 울음을 터뜨렸을 때. 당신의 주변에는 아무도 없고 당신의 울음은 불안과 무관하며 이국의 골목에서 마주친 그 꽃집, 꽃집의 주인, 주인이 떼어내고 있던 잔잎에 더 가까운 쪽이라 해도 사건은 달라지지 않는다. 그것은 여전히 당신을 이해하고 있다. 콘센트에 코드를 꽂는 것처럼. 그리하여 어느 밤 당신이 스탠드 불빛에 기대어 혼자 앉아 있다 해도 어떤 것이 기억이고 상상인지 알 수 없다 해도 달라지는 것이 없는 것처럼. 당신을 이해한 사건들에 대해서. 당신이 알고 있는 것은 장미의 잔잎이 떨어져 내는 소리 같은 것. 다시 당신이 이국에 있고 이국의 골목은 어둡기만 하며 그런 골목이 꽃집을 하나 내어놓을 때. 당신에게는 잃어버릴 아이가 없거나 그런 아이가 무럭무럭 자라 당신 곁을 떠날 리 없다는 것을 잊지 않을 때에도 한 장 한 장 잎을 세듯 당신은 사건으로 이해되어가는 것이다.

밤은 잠들지 못하고

자는 법을 잊어버린 모양이다 읽고 있는 소설 때문일 수도
있다 그 소설에는 불면증에 걸린 사람이 나온다 그는 주인공이
다 그는 잠들지 못함으로 자신의 소임을 다한다 읽던 책을 덮듯

그런 밤에는 골목을 걷는다 아니다 나는 누워 있으며 난데
없는 가로등이나 보란 듯 버려진 곰 인형도 실제가 아니며 나는
그 아래서 걸음을 멈추고 그것을 주워오지도 않았다 잠들지 못
한 채 잠들어 남아 있지 않은 채로 남아 있다 자박자박 발소리
를 내듯

모로 눕는다 바스락거리는 그림자가 내 감은 두 눈을 덮는다
그것을 골목의 바람이라고 하자 창문이 흔들린다 잠에서 깨어
무거운 눈을 깜빡이는 사람이 있다 그것을 겨우 지운 일들이라
고 하자 가로등 툭 꺼지듯

악의로 세계를 이해하는 방법 온몸으로 종일의 열기를 뿜어
내는 고된 마음 열 손톱 열 발톱 모두 깎은 사람에게나 찾아오
는 무료함 생각은 그만두는 게 좋겠다 생각한다 바람은 사라지
고 흔들리는 유리창도 아픈 사람도 없이

읽다 만 소설의 겉은 딱딱하고 가로등 아래는 환하고 버려
진 곰 인형의 속은 부드럽고 아무래도 자는 법을 그만 잊어버린

게지 밤은 이리도 깜깜하니 눈 속이 따갑고 발목은 시큰하다 이 밤은 잠들지 못하고 이대로도 괜찮은 모양이다

따끈함과 단단함

너는 그것을 그릴 수 있어
커다랗고 커다래질 그것은
천장을 뚫고 올라간단다
하늘보다 높게 자라고
우주만큼 높게 자라는 거야
우주보다 높은 건 없지
우주는 넓고 넓으니까
너는 그것을 그릴 수 있어
커다랗고 커다래질 그것은
넓어지기 시작해서
운동장보다도 넓어지고
동물원보다도 넓어지고
해보다도 달보다도 넓어지고
계속 계속 넓어지다가
끝나버린단다 끝나는 거야
끝은 깜깜해 보이지 않지
끝이 없는 것은 없지만
너는 그것을 그릴 수 있어
커다랗고 커다래질 그것은
뿌리가 없단다 끊어버렸지
낳은 것들을 거두고
거둔 것들을 키운단다

슬픈 것을 슬퍼하고
좀처럼 웃지 않지만
따끈하고 단단할 것이며
단단하고 따끈해질 것이며
네가 그릴 수 있는 그것은
흔들리려고 하고 있구나
벌써 흔들리고 있구나
커다란 소리를 내면서
커다랗고 커다래질 그것은

보이지 않는 꿈

보이지 않는 꿈을 꾸었다
누가 노크를 하는 것 같고
왼쪽을 보면 아무도 없고
오른쪽은 참 가만해서
보이지 않는구나 이제 나는
무릎에 두 손을 올리고
소리를 들어야 하는 거구나
볕이 남긴 책상 위의 소리
그 자리에 꽃병이 놓여 있는 소리
거기 꽃이 꽂혀 있는 소리
그것은 서너 송이쯤 되고
흔들리는 몸을 양생養生하는 소리
듣고 있었다 고개를 기울여
견고했던 의자의 지난 시간과
하나뿐인 바닥의 무게와 강도強度
벽이 안이나 밖으로 기울어가는
그와 같은 소리를 듣고 있었다
보이지 않는 꿈이란 그런 거였다
보이지 않는 거리에 볼 수 없는 계절
아마 구름이 있어 그 아래로는
반가운 사람들이 걷고 있을 것이며
그들의 주머니 속에는 작은 것들이

가까운 생애를 뒤섞으며 한 몸어치
쓸쓸한 모양의 소리를 만들 것이다
그런 중에도 세계는 자라날 것이며
나는 다 더듬어볼 수 없을 것이며
그런 짐작만으로 견딜 수 없어서 나는
내가 꿈을 꾸고 있다는 것을 알았다
아니 어쩌면 내가 꿈을 꾸고 있어서
견딜 수 없었는지도 모른다
천천히 일어났고 무언가
굴러떨어져 깨지는 소리가 있었다
나는 꿈에서 깨어나기를 기다렸다

돌아오는 길

장례식장에서 돌아오는 길에
배가 고프다고 생각하면서
불 밝힌 분식집을 지나칠 때
우리는 언제 다정해지는가
그런 생각이 들었을 때 마침
건너야 하는 육교 계단 앞에서
건너야 할까 망설이게 될 때
무심코 몇 계단 올라섰을 때
올해는 새 정장을 사야겠어
다짐하는 마음이 되었을 때
작년에도 그런 생각을 했지
많이 떨었었는데 겨울이었나
그 겨울은 누구의 장례였나
잘 기억이 나지 않을 때
그렇게 슬퍼지고 말 때
우리는 언제 가까워지는가
차고 단단한 육교에 올라서서
싫다 하고 내뱉게 될 때
홑겹 입김이 사라져갈 때
육교의 난간에 기대어 있다가
이쪽도 저쪽도 길이 아니게 될 때
그럼에도 많은 것이 여전할 때

여밀 것도 말할 것도 없으면서

떨고 있다고 여기는 그때

쓸모없는 날

화분을 옮겨놓고 손을 씻는다 나는 나의 손이 나무 같다 나의 손을 심어보고 싶다 그것이 자라나서 내가 되고 나보다 더 내가 무성해질 것 같다

덜 마른 손 심어놓은 손 자라나는 손 나 화분 문밖에 내어놓은 커다란 도기 화분

거기서 내가 아는 사람을 만나고 안부를 묻고 건강을 빌어주고 무엇이든 내밀어 작별할 것 같다 아는 사람이 점점 멀어지다가 보이지 않을 때까지 지켜보면서 잔뜩 슬퍼질 것만 같다

거리는 한산하고 날은 참 좋고 오늘은 비가 내린다고 했는데 쓸데없이 바람만 잔뜩 불고 가릴 것 하나 없이 서 있겠다 싶다

내가 모르는 사람은 참 잘 자랐구나 이제 화분을 갈아주어야겠다 그러면 나는 걱정을 시작해야 할 것이다 더 큰 화분은 값이 비쌀 테니까 나는 가난하고 가난함은 얇은 것이니

떨어지는 것이 있겠다 발등을 덮고 푹 푸욱 삭아가면서 며칠 더 살아가겠다 모든 것은 점점 더 나빠지기만 하고 나는 나무가 되기 싫구나

나는 나무를 그만두기로 한다 화분을 잊기로 한다 나의 손은
나무 같지 않으며 그것을 심는다 해도 그것은 내가 아닐 것이며
나보다 더 내가 되지는 않을 것이며

낮 동안 잎들은 따뜻해졌고 미래는 충분히 오지 않았다

ㄴ 숀 탠, 김경연 옮김, 『빨간 나무』(풀빛, 2002)

이 층의 감각

창문을 열어두고 온 까닭은
조용한 일이 많기 때문이다

볼펜을 떨어뜨린다든가
허리를 굽힌다든가 그러다
동전을 하나 찾아내고
그것을 집어 얼마짜리인지
확인해보려 할 때에도
조용한 일뿐이다

오후에는
비가 내리려는 날씨가 되었다
나는 걱정이 없었다
창문 생각이 없던 것은 아니나

오늘은 대가 긴 꽃을
다섯 송이나 선물 받았고
그것은 아름다웠으므로

아래층엔 전화벨이 울리고
우산 든 사람들의 기척
친절과 상냥은 인사를 나누고

아무도 올라오지 않는다

꽃은 여전히 다섯 송이이고
꽃병은 목이 가늘고 회색이다
통에 동전을 넣었을 때에는
아주 작은 소리가 나기도 했지만

모든 일의 주인은
늙은 관리官吏처럼 낮잠에 빠진 것이다

창문은 닫히지 않았을 것이나
열린 창문은
누구도 위협하지 않는다

아무것도 걱정할 필요 없다
조용한 일은 충분히
아주 충분히 많기 때문이다
누구도 셀 수 없을 만큼

느린 마음에 대하여

음악을 듣는다 느리게
느린 마음이 길을 건넌다

죽었으면 좋겠어
느닷없이

중얼거린다 느리게
느린 마음이
길 건너편에서
손을 흔든다
나는

음악을 듣느라
느닷없이 생각하느라
느린 마음이 느리게
흔드는 손을 보느라

눈치채지 못하고
있다 아마

창문에는 검은 구름들이
교회 앞에는 늙은 사람들이

가지 위는 낯선 새들로
가득할 텐데
그런 것도 모르고

음악을 듣고 있다
느리게 느린 마음이
죽었으면 좋겠어

죽었으면 좋겠어
그것 말고는
갖고 싶은 것이 없어

검은 구름이나
늙은 사람들 혹은
낯선 이름의 새와 같은
암시는 원치 않지
나는

저 느린 마음의 죽음을
분명한 사건을
원하고 있다

그것을 갖는다는 것이
생활이나 사상
명예이거나
부의 축적과는
무관한 것을 알면서도

알면서 나는
느린 마음이
느리게
음악을 지나쳐
검고 늙고
낯선 것들을 뚫고
언덕길을 따라
내려가는 것을
보고 있다

어쩌면
너무 늦었는지도
모른다 대개의
살의처럼 느리게
흔들고 있는 손처럼
그렇지만 나는

느린 마음에 대하여
생각하기를
그치지 않는다

그럴 수가 없었다

보이지 않는 소리

라디오 좀 꺼줄래
나는 주변을 둘러보았지
라디오는 없었어
거실에는 검은 소파가 하나
누군가 방금 일어났는지
동그랗게 눌린 자국
비스듬한 빛이 들어와
협탁 위는 비어 있고
손을 대어보면 따뜻하겠지
지금은 겨울 아니면 이른 봄
본 적이 없는데 있는 것 같고
라디오 소리가 들리네
라디오가 어디 있지
너는 대답이 없고
어딘가 인기척이 나서
다행이다 그렇게 생각했어
기다려야지 라디오를 찾아서
그것의 소리를 끄고 나면
모자를 눌러쓴 사람처럼
외출을 해야지 너와 손잡고
늦은 밤에야 돌아와야지
어두운 라디오를 켜고 함께

좋아하는 노래가 나올 때까지
입을 맞추어야지 다음 그다음
미루다가 잠들어야겠어
하지만 라디오는 보이지 않고
인기척도 그치지 않고 나는
그만 뒤를 돌아보고 말았다

季ˇ

  .

  겨울은 다시 창문에서. 무너지는 것과 다름없이. 입장에 따
라 왼쪽에서 오른쪽으로 오른쪽에서 왼쪽으로도 다시 창문에서
하늘은 하늘이고 구름은 있다가 없고 바람은 떨어뜨리고 밀기
도 하며 마른 가지들은 분질러질 듯 분질러놓는 이견 없는 일관
성. 그것을 季라고 했다. 다시 창문에서. 겨울 무너지고 이제는
여름. 쏟아지는 것과 다름없이 입장에 따라 왼쪽에서 오른쪽으
로 오른편에서 왼편으로도 젖어가고 있다. 하늘은 하늘 구름은
느닷없고 바람은 우산을 뒤집어놓는다. 마른 가지들은 보이지
않는다 이의를 받아들이지 않는 극단성 이것도 季라고 한다.

  .

  너는 오지 않을 것이다 나는. 나무 닮은 재질의 똑똑 두드리
면 똑똑 나무 닮은 소리를 내는 넓은 테이블을 혼자 차지하고
앉아서 확인하고 있다. 끊임없이 그만두질 못하는 무언가를 살
아가고 있다. 언제든 휴가를 내어 그 무언가를 연구하고 싶다.
그래도 너는 오지 않을 것이다. 그치지 않는 전화벨처럼 그 소
리를 듣고 있는 사람처럼 확인하고 또 확인하고 비가 쏟아진다.
실은 아까부터 나무 닮은 재질의 테이블을 문지르다가 문지르
다가 문지르기를 그만두지 못하고 그만두지 못하는 것은 그만
두기가 아닐 수 있는가, 季. 하고 중얼거렸지. 너는 오지 않을 것
이다 나는.

．

봄이니 가을이니 하는 간절은 끝내 아무것도 이루지 못하기 때문에 창문은 더 말을 잇지 못한다고 생각해. 잇지 못한 것에 오른쪽이니 왼쪽이니 하는 것이 무슨 쓸모가 있겠어, 季. 나는 무책임한 언어를 하늘이니 구름이니 바람이나 마른 가지 따위의 것들을 쓸어버린다, 쓸어버리듯 생각한다, 소중하지 않아 거기엔 사람들만 남아 있다, 아무것도 없이 무얼 해야 할지 모르는 사람들이 행인처럼 남아 있다, 그들도 소중하지 않지만, 季. 혹시 그중 하나가 너는 아닐까 하는 걱정 때문에 아무짝에도 쓸모없어서 내팽개쳐버리고 싶은 그깟 걱정 때문에.

．

누구나 겨울 혹은 여름을 세지. 운이 좋으면 테이블을 하나 얻거나 의자에 앉을 수 있거나 할 뿐이야. 비가 온다고 했지. 그쳐버렸어. 너는 온 것도 아니고 오지 않은 것도 아니기 때문에 여태 너는 오지 않을 것이다. 아아, 어쩌면 좋지. 일말의 기대라니. 나는 이것을 말려 죽이고 싶어. 서른 번째 여름에 네가 선물한 화분처럼 점점 말라가다 쪼그라들고 조각조각 부서져 아무것도 없었던 것처럼 되어버린 그 화분처럼 무엇이 있었는지 짐작도 할 수 없게 되어버린 그 화분처럼 그렇게 되고 나면 지금의 나는. 무엇이 될까. 나는 나무 닮은 재질의 넓은 테이블.

李. 목을 틀어막는 입을 벌리게 만드는, 끝나지 않는 이름이
구나. 물어보고 싶었어. 언제 끝이 나는 거지. 물어볼 수 없을 것
이다. 예정과 가정을 거부하는 이름이었네. 마침내 손을 뻗어
전화벨을 그치게 만드는 사람처럼, 李. 대답을 해줄 수 있다면.
겨울 다음 여름. 무너지고 쏟아지기를 반복하는 창문. 그것이기
를 멈추지 않는 것들. 어쩔 줄 몰라서 앞으로 걸어가는 사람들,
李. 오지 않기를 그쳐줘 이제. 알거나 모를 수 있다면. 나는 이
나무 재질 닮은 넓은 테이블, 내가 앉아 있는 이 의자마저 쓸어
버릴 듯 생각할 수 있을 텐데, 李.

늦은 오후의 하늘이 서쪽으로 끌려가고 있다
성당이 있는 쪽이다 한때 사람들이 드나들던,
잿빛으로 타들어갈 성당의 흰 계단을 따라서
사람이 하나 걸어 내려오고 있는데 신부神父일까
그를 보고 있다 어떤 일이든 벌어질 듯하여
그가 계단을 다 내려와 왼쪽으로 접어들 때까지
아무런 일도 벌어지지 않게 되었을 때까지도
눈을 떼지 못하고 있었다 마침내, 무너진다
여름인데 무너진다 마침내 무너지고 있었다

그도 季는 아니었다

즐거움의 지옥

무너질 것은 언제 무너지나. 아침에 네가 눈을 뜰 때 이불이 팔과 다리에 엉겨붙어 있을 때 뒤늦게 울리는 알람 소리를 발견할 때 너도 모르게 무너질 것은 무너지나. 무너지는 것은 언제 무너졌나. 커튼에 묻은 어슴어슴한 밤의 흔적을 발견할 때 너의 눈이 따끔거릴 때 눈을 부비는 그때 그것은 무너지나 무너져버렸나. 우리는 잔해를 언제 발견하는가. 빈 그릇에 시리얼을 부어 넣을 때 뜨거운 물에 면도기를 집어넣거나 어젯밤 꿈이 기억나지 않는다고 중얼거릴 때 너의 발밑에 굴러다니는 것은 그것은 잔해가 아니지. 그것은 무엇인가. 즐거움. 즐거움이 아닐 수 있나 아아 지겨워, 하고 말할 때의 즐거움 어제와 오늘을 비교해볼 때의 즐거움 올 것이 오기도 전에 지나가버렸다는 데서 오는 즐거움 옷이 마침내 옷이 될 때 네 육신의 즐거움 그리하여 손과 발이 엇갈려 나아갈 때 나아감을 발견할 때 기어코 살아 있다는 즐거움 그것은 잔해가 아니라 즐거움 무너져버린 것도 무너지는 것도 곧 무너질 것도 상관없는 즐거움. 그러니 이 자욱한 먼지는 그 커다랬던 소리는 네가 문을 닫고 나간 즐거움 폐허 빈집에 남겨진

한밤의 기분

　지금 내가 생각하는 사람은 생각이어서 생각은 누워 있고 생각은 잠들고 싶다 지금 내가 생각하는 사람은 읽으려다가 쓰려고 하다가 아무것도 하지 않았으므로 생각은 결국 아무것도 하지 않은 것이며 그럼에도 잠은 오지 않고 까마득한 불면을 견디고 있다 불면은 생각이 아니고 감정인 것 같아 오른쪽으로 돌아눕는 사람 혹은 생각 그러니까 내가 생각하고 나의 생각인 사람은 잠시 나가볼까 문밖으로 아주 구체적인 신발을 신고 그전에 무어라도 걸치고 나가서 밤길을 걸어볼까 왼쪽 길을 따라 걸은 다음 도로를 만나면 오른쪽 길로 꺾어서 어떤 불행도 소요도 만나지 않는 밤길을 걸어볼까 그래볼까 싶겠지 이런 밤 그럼 나도 걸어볼까 싶고 생각만으로도 조금 지쳤나 피곤한가 걷다가 내가 생각하는 사람을 생각을 미처 만나기도 전에 잠들어버리는 건 아닐까 하지만 잠은 오지 않고 불면 그것은 감정이야 맞아 중얼거리며 끌어안듯 왼쪽으로 돌아눕는 것이다 이제 자자 잘 자 아쉬워하면서 이건 참 어쩔 수 없네 생각의 숨내를 맡은 것도 같아서 한 번 더, 이제 자자 잘 자, 하고 조그맣게 아름다워 참 슬프다 따위의 불면을 더듬거려보는 것이다

교양 있는 사람

교양 있는 사람은 노크하며 묻는다 똑똑 계십니까 교양 있는 사람이여 기다렸습니다 하지만 여기에는 문이 없군요 당신을 위해 던져버렸으니까요 그것은 아래로 떨어지고 말았습니다 그는 반듯하게 접힌 손수건을 꺼내 자신의 선한 이마를 훔친다 경치가 훌륭하군요 여기까지 올라오는 동안 정말 많은 생각을 했답니다

나는 두 손을 가지런히 모으고 기다린다 어서 그가 말해주기를 한 층 한 층 올라설 때마다 떠올렸던 영광된 기억과 희망찬 미래의 이야기들을 거기서 얻어낸 빛나는 영감들 그리고 그가 낚아챈 상념의 거센 발버둥과 울음소리에 대해서도

몹시 피곤하군요 그는 졸린 눈으로 나를 본다 나는 그에게 의자를 가져다주고 그러면 교양 있는 사람은 자리에 앉아 깊은 잠에 빠지는 것이다 이런 일은 매번 반복되지만 나는 두 손을 가지런히 모은 채 믿어 의심치 않는다 그는 내가 기다리는 교양 있는 사람이고 언젠가 내가 기다리는 말을 해주리라는 사실을

II.

고백은 필요 없는 것

아직은ʟ

저녁이 아니다 젖었다 말라버린 종이처럼 얇고 딱딱한 볕이 거리를 구성하는 것마다 붙어 있다. 곧 떨어질 것처럼 아슬아슬하게. 한 장 또 한 장. 건물이 드리워놓은 그림자 위로 빛 조각들이 떨어져 있다. 떨어져서 흔들린다. 나는 저녁을 기다린다. 매일 그리고 매번. 저녁이 오지 않았다는 사실에 상심하면서. 그러나 저녁은 오고 만다. 나는 그 사실도 알고 있다. 마침내 볕이 스러질 듯 기울어질 때. 그 순간이 저녁이다. 저녁이 되면 우리의 삶을 구성하는 작은 것들이 비스듬히 낱낱해지고 만다. 이를테면 은빛으로 반짝이는 나사. 크고 작은 것들을 채결하고 있는. 혹은 길고 가는 손가락. 생애의 아름다움을 꼭 쥐고 놓치지 않는. 그리고 당신의 드러난 이마. 내가 사랑하는 까닭을 간직하고 있는. 내가 기다리는 것은 그런 것이다. 팔짱을 끼거나 턱을 괸 채. 하고 있던 일에서 몸을 떼고 멈추어서 가만히. 그렇게 저녁이 온다.

저녁이 되면 까마귀가 운다.
나는 까마귀가 어디서 사는지 알지 못한다. 그 검은 새를 본 적이 없다. 한 마리가 아닐 수도 있다. 여럿에서 함께 살고 나누어 우는 것일 수도 있다. 저녁이 오고 까마귀가 우는 것이 아니라 까마귀가 울어서 저녁이 오는 것일 수도 있다. 어느 쪽이 먼저이든 관계없이 저녁에도 까마귀의 울음에도 검은 재가 묻어 있다. 검은 재는 보이지 않는다. 보이지 않지만 있는 것은 까마귀뿐만이 아닌 것이다. 보이지 않는 검은 재가 날리면 사람들의 마음과 걸음이 느려진다. 그들은 하루가, 마침내 끝나간다는 것을 알아차린 것이다. 그리고 그제야 자신들의 집을, 돌아갈 곳을 떠올린다. 밥 짓는 냄새를 풍기기 시작하는, 내부의 불빛을 온온하게 드러내기 시작하는 그곳에 지친 몸 누일 상상을 하면서. 누그러지고 너그러워지는 것이 있다. 그것이 무엇인지 말할 수 있는 사람은 없고, 질문을 비집고 아이 하나가 달려간다. 깔깔 웃으면서, 달려가다가 분실의 거리는 아닐는지 멈춰 서서 뒤따르는 부모를 돌아보고 있다. 좋아. 모든 것이, 안전하다.

감히 확신하건대, 나는 세상 모든 저녁을 사랑한다.

아무런 조건도 필요 없다. 아니, 저녁은 스스로 조건이 된다. 미워할 것도, 슬퍼할 것도 기울어져 가는 빛 앞에서는 무위일 뿐이다. 잊고 있던 것들이 떠오르기도 하지만, 어쩔 수 있는 것도 아니며 아무렴 어때, 하는 느긋함 속으로 빨려 들어가 먼저 깜깜해질 뿐이다. 저녁의 감정은 한 번도 변한 적이 없다. 지금보다 어렸을 적에 더 어렸을 적에도 나는 그랬다. 마을에 붉은 빛이 덮쳐와 붉은빛과 푸른빛 외에는 없음에 감탄하며 이윽고 밤이 되고 말 때까지 정지의 이미지 속에서 무엇을 하든 의미를 찾지 않았다. 그럴 때마다 나는 내가, 곧 그리워질 거라는 사실을 조심스레 눈치챘다. 그것은 사실이었다. 지금 나는 기다렸던 저녁에 사로잡혀서 그리워하고 있다. 그때가 언제든 지금은 아니고 앞으로 찾아올 행복과 불행의 미래도 아닌 언제나 과거를. 어찌해볼 도리가 없는 과거를 그리워하고 있다.

　단조로운 박자로 까마귀가 울고 있다.
　나는 창문을 열고 상체를 내민 사람처럼 공중의 이곳저곳을 살펴보며 소리가 나는 방향을 찾아보려는 무방한 노력을 하고 있다. 그것은 왼쪽에 있다가 오른쪽에 있기도 하고 서쪽인 것이 분명한 해가 있는 쪽이었다가 벌써 거뭇거뭇해지는 밤의 동쪽이기도 하다. 설령 내가 까마귀를 발견한다고 해도 그리하여 그쪽을 향해 간절하게 손을 흔들며 조금만 더 울어줄 것을 요청할 수 있다고 해도 저녁은 연장되지 않을 것이다. 이때쯤이면, 꼭 한 번은 긴 한숨 같은 바람이 불고 계절에 상관없이 나는 몸을 떤다. 다시 한번 예감하는 것이다. 내가 이 시간을 그리워하게 될 거라는 것을. 그리 멀지 않은 때에. 제아무리 주머니 두둑한 배짱의 시기를 보내고 있다 하더라도. 사랑하는 사람과 사랑에 빠져 있거나 좋은 친구들과 한바탕 웃고 있을 때라도. 그리하여 저녁을 기다리지 않는 사람이 되었더라도 잠시 멈춘 채 저녁을, 저녁이 아닌 것은 없는 세계를 가만 들여다보게 될 거라는 사실을.

　이제는 저녁이 아니다.
　마침내 찢어져버린 편지처럼 하루가 쓸모없게 되어버린 시간. 모든 것들이 어쩔 수 없는 어둠으로 젖어버리고 나는 또 한

번의 저녁이 지나갔다는 사실에 깊은 상심에 빠져버린다. 저녁
은 소리를 거두는 것으로 끝이 난다. 저녁 이후의 소리는 소음
이거나 외로운 것. 마법에서 깨어난 이들의 마음과 걸음이 도로
바빠지고 이제 나는 창문을 닫은 사람처럼 나의 일로 돌아간다.
그리움은 사라져버렸고 우리는 마침내 생각에 잠긴다. 낮은 조
명의 버스 좌석에서 책상 앞에서 혹은 침대에 누워서. 다시 찾
아올 다음날을 준비하면서. 돌이킬 수 없게 되었다. 번쩍이는
은빛 나사도 가늘고 긴 손가락들도 환하던 당신의 이마도 보이
지 않는다. 까마귀들도. 잠들었거나 잠들 준비를 하고 있을 것
이다. 그리고

톱과 귤

—고백1

　톱을 사러 다녀왔습니다 가까운 철물점은 문을 닫았길래 좀 먼 곳까지 걸었어요 가는 길에 과일가게에서 귤을 조금 샀습니다 오는 길에 사면 될 것을 서두르더라니 내 그럴 줄 알았습니다 귤 담은 비닐봉지가 톱니에 걸려 찢어지고 말았지 뭔가요 후드득 귤 몇 개가 떨어져 바닥에 굴렀습니다 귤을 주워 주머니마다 가득 채우고 돌아왔습니다 아는 얼굴을 만나 귤 몇 개 쥐여 주기도 했습니다 한두 개쯤 흘린 것 같은데 찾아보지 않았습니다 그냥 그 귤이 자라 귤 나무가 되었으면 좋겠다고 생각했습니다 귤을 심으면 귤이 자라나요 그건 모르겠습니다만 귤 나무가 자라면 이 톱으로 가지치기를 해야겠다고 혼자 웃기도 했습니다 그렇게 가지고 온 귤은 모두 꺼내두었는데도 그 뒤로 한 며칠 주머니에서 귤 냄새가 가시지 않아요 톱이요? 톱이란 게 늘 그렇듯이 쓰고 어디다 잘 세워두었는데 어디 있는지는 모르겠습니다

어머니의 검진 결과를 기다리던 병원 로비에서

—고백2

눈을 떴을 때, 창밖에 뜰이 있었다 베개는 푹신하고 슬픈 상
상은 남아 있질 않고 주사약이 방울방울 떨어지고 왼쪽 눈에는
거즈가 붙어 있는데 왜 곁에 아무도 없는 것일까 그런 중에도
그것은 높게 자란 향나무 그늘 아래 잡초들 무성히 자란 작은
뜰 거기서 무언가 빙글, 빙글 돌아가고 있었다 그것이 무엇인지
는 창틀에 가려 잘 보이지 않았다 거기 사람이 있었으면 좋겠다
그가 소리 내어 울어주면 참 어울리겠다 그러나 향나무와 향나
무 그늘과 키 큰 잡초와 빙글, 빙글 돌아가는 것만이 있고 우는
사람은 없고 무엇을 기다리는지도 알 수 없이 깜빡 잠들어버렸
다는 사실을, 어머니의 검진 결과를 기다리던 병원 로비에서 병
과 나란히 앉아 차례를 기다리다 기억해내고 말았다

오송
―고백3

　같이 계단을 내려오면 너는 오른쪽으로 가려 하고 나는 너의 팔을 잡고서 우리는 왼쪽으로 가야 하니까 그러면, 그러면 아직 오른쪽으로 가지 않은 네가 너의 몸이 잠시 방향을 잃고 팽팽 해지고 단단해지는 감촉 그럴 때 너는 네가 아닌 것 같아 여기 에 없는 사람 같아 너를 찾으러 가야 할 것 같아 물론 그렇게 말 하지 않았고 네가 오해할 수도 있으니까 오해하지 않은 네가 돌 아서면 나는 지워진 왼쪽같이 뒤가 될 오른쪽처럼 너의 팔을 놓 고서 놓아주고서 날이 참 좋다 네가 응응 고개를 끄덕이는 것을 기다렸다가 같이 걷기 좋은 날씨야 그렇게 말해주고 싶었다

겨울, 2007

—고백4

손가락 끝이 겨울 앞에서 멈췄다 더듬대다가 슬쩍 밀어내는
기분으로 나는 차가워졌고 목도리가 잘 어울리는 사람을 사랑
하게 되었다 그랬을 것이다 하지만 그게 너였던가 기억이 나지
않는다 하나하나 보풀을 떼다가 보풀을 바닥에 버리다가 말을
잃은 사람처럼 그렇게 믿고 싶은 것이다 실은 의자에 앉아 있으
면서 너에게로 가는 척하고 있다

이번 겨울엔 눈이 많을 거래 똑같은 소리를 다른 사람에게
다른 장소에서 듣는 일은 미끄럽고 아슬하다 얼어붙은 손가락
을 볼에 대보는 것처럼 소스라칠 일은 아니지만 그래도 겨울 앞
에선 용기가 필요하지 어떤 일이든 하나하나 단추를 채우는 일
처럼 순서가 있고 아득하다 너를 목도리를 한 너를 본 적이 있
었나 아무래도 기억이 나지 않고

정말 그럴 것 같다 눈이 잦고 눈이 내려앉은 너의 목도리를
털어주게 되고 또 어떤 밤에는 작은 글씨로 더듬더듬 카드를 쓰
게 될 것 같다 거기엔 온통 내 이야기가 가득하겠지 그건 너의
이야기와 다름없고 나도 믿지 못할 서사敍事 창문을 열면 거기
겨울이 있을 것 같다 그간 버려낸 보풀 같은 눈이 내리고 있을
것 같고 나는 의자에 앉아서 아무것도 믿지 못할 것이다

오래된 기억

—고백5

창문을 열었다 개가 짖고 있었다 이른 봄이었다 나의 생일이
었다 전화가 끊겼다 너는 다시 전화를 걸지 않았다 나도 기다리
지 않았다 그저 개가 짖는 소리를 듣고 있었다 개가 짖는 소리
가 멀어지고 있었다 네가 살게 되었다는 도시를 생각했다 나는
그 도시에 가본 적이 있다 오래전 일이다 그런 이야기는 하지
않았다 저 개는 왜 짖고 있는 것일까 나는 우화 속 탐욕스런 개
를 생각했다 잃어버리게 되어 있다 무엇이든 물속으로 가라앉
듯 네가 살고 있다는 도시는 낯설어지고 개가 짖는 소리는 들리
는지 그렇지 않은지 알 수 없게 되어버렸다 손등에 적어놓은 메
모처럼 나는 창문을 닫았다

바람이 언덕을 넘어 불어온다

바람이 언덕을 넘어 불어오고
화분에는 흙만 담겨 있고
가게들은 불 밝혀두었으나
아직은 저녁이 아니다
사람들이 돌아오고 있다
심으려는 모습으로
화분을 향하여 천천히 그러나
아직 저녁이 아닌 것이다

(미적지근한 세계에는
꽃 없이 잎사귀만 가득한
아이들이 자라고 있다
그들은 언덕을 따라 질주하고
길게 혀를 뽑은 채 다시
무리를 지어 언덕을 올라간다
까만 뒷모습이 자취를 감추면)

가게의 불빛 살짝 흔들린다
화분은 보이지 않는다 이제
사람들은 돌아오고 있지만
이제 아무것도 심을 수 없는 시간
아이들은 잠이 들어

언덕 닮은 꿈을 낳고
바람이 언덕을 넘어 불어오고
바람이 언덕을 넘어 불어오고

이다음 봄에 우리는

―고백6

　살해(殺害)의 꿈을 꾸었습니다 아무도 모르게 새들이 날아오르고 그들의 검은 깃털이 폭설처럼 쏟아졌습니다 그중 하나를 주머니에 감추고 돌아오는 길에는 이야기를 버렸습니다 새들이 쪼아먹기를 아무도 쫓아오지 않을 것입니다 나는 쫓기지 않을 것입니다 그리고

　빌어먹을, 당신이 있었습니다 나를 사랑하는 당신이 있었습니다 다음은 이어지지 않습니다 나는 이야기를 버렸으니까요 당신이 나를 꼭 안아주거나 내가 당신을 밀쳐내거나 둘이 손을 잡고 도망가는 일 따위는 일어나지 않을 것입니다

　지난봄엔 당신이 나의 꿈을 꾸었지요 당신이 말해준 것은 아닙니다 우리는 함께 계단을 따라 내려갔고 계단 끝에는 버려진 집들이 있었습니다 저녁이 되었고 우리는 숨바꼭질을 했었어요 당신이 나를 찾을 차례에 밤이 되었고 당신은 나를 너무 사랑해서

　그것도 살해입니다 당신은 말해주지 않았지만 그때에도 새들이 날아오르고 한가득 날리던 검은 깃털들 당신은 그것으로 무엇을 했습니까 당신은 이야기를 어디에 유기했던가요 차라리 분실했습니까 왜 말이 없나요 내가 버린 이야기 때문인가요

　깃털은 잠든 사람의 눈썹을 닮았습니다 하염없이 나는 그것

을 만지고 있습니다 이야기가 없는 세계에서 당신이 사랑하는
내가 할 수 있는 일은 그런 것입니다 날것의 생애가 음악이 될
때 그래요 당신은 아무 말도 하지 마세요 이것은 나의 살해, 꿈
이니까요

이다음 봄에 우리는 어느 무덤에서 울어야 할까요

녹은 눈을 쓸어내기

―고백7

　밤부터 내린 눈이 아침까지 이어졌다 나는 눈을 쓸다 말고 삽을 꺼내왔다 지나던 사내의 충고 때문이었다 젖은 것은 쓸기 힘들죠 무겁거든요 그것이 날아온 것이라 해도 정말 그러해서 나는 한결 쉽게 눈을 모아 버릴 수 있었다 그리고 생각했지 당신 하얀 눈 같은 당신 녹아 물이 되어버릴 당신 곧 마를 당신 생각 위로 가지에 쌓였던 눈이 쏟아진다 하얗고 미끄럽다 나는 한숨을 쉬면서 젖은 것은 무겁지 그것이 비록 날아든 것이라도 해도 충고하듯 중얼거렸다 그것이 싫어 견딜 수 없었다

봄에 가엾게도

―고백8

    겨울이 끝나면, 나는 의자를 꺼내놓고 냄새를 맡곤 한다 그 때마다 형태는 다른 소리를 갖는다 의자의 바깥에선 다소곳 말라죽어가는 쌍떡잎식물이판화과미나리아재비목. 남천南天을 둘러싸고 죽어가는 형식에 대한 의견이 분분하다 식물의 습성에 대해 모르는 나는 커피잔을 내려놓고 죄책감을 어루만진다 어제는 비가 내렸고 오늘은 볕 좋은 날이다

접속곡接續曲

—고백9

당신이 만들어 날린 비눗방울 나는 그것을 만져보려 합니다 절반은 고의 절반은 진심 그만 웃음은 터지고 우리의 바닥이 흥건합니다

등받이가 있는 토요일입니다 누구든 생각에 잠길 수도 있고 그러다 죽어 나가기도 하는 토요일입니다 당신과 나와 비눗방울이 있고

톡, 탕진해버린 기억도 있습니다 생각하기도 어려운 부끄러움은 놓아둡시다 아무려나 여름볕은 뜨겁고 달아오른 공기는 지겨우니까

웃음은 높이높이 올라갑니다 키 큰 나무의 꼭대기를 흔들어 떨어지는 짙은 그림자 한 방울,

(조각구름 한 장은 어느 것과도 무관합니다.)

저녁입니다 당신은 비눗방울을 날리지 않습니다 나는 만질 것이 없습니다 절반은 포기 절반은 슬픔이며 우리들의 바닥은 말라갑니다

붉게 달아오르다 톡, 꺼져버릴 토요일 등받이가 식어가고 높

이높이 올라간 웃음은 어떻게 되었을까요 마침내 어두워졌으므로 이제 알 수 없지만

잃어버린 사월과 잊어가는 단 하나의 이야기

—고백10

둥지를 보러 갈 거야 아이는 속삭였다 나는 소리 나게 책을 덮었을 뿐 아이를 잡지 않았다 눈이 녹았고 사월이 되었다 둥지 같은 건 어디에나 있으니 나는 기다리지 않았다 그러나 이따금 네 꿈을 꾸곤 했단다 너는 긁힌 상처 가득한 손 감추지 않고 내게 작고 고독한 알을 건네주었지 조심해 조금만 힘을 줘도 깨어져버릴지 몰라 조심조심 건네받은 알로부터 톡톡톡 톡톡톡 톡 꿈 너머로 전해져 오는 신비한 이해理解 화들짝 놀라 잠에서 깨면 너는 없고 미명 중 어딘가로부터 투명한 부리를 보게 될까 봐서 나는 뜬눈으로 밤을 지새우곤 했단다 무엇이 두려웠을까 사방을 더듬듯 지금은 아직도 사월 아이는 오지 않는다 숲에선 꼭 네 나이만 한 새 울음이 들린다는 소문이 있지만 여전히 내 책상 위엔 읽다 만 책이 한 권 그리고 손에 쥔 작고 고독한 알 같은 것이 톡톡톡 톡톡톡톡 신호를 보내곤 한다 잃은 것보다 잊은 것이 더 많은 한 시절 단 하나의 이야기이다

추모의 방식

— 고백11

그것은 뼈였다 축축했고 가벼웠다 돌려주면서 나비 같아 비를 맞은 것처럼 손바닥이 젖어 있었다 냄새를 맡아보았다 마른 흙이 젖은 흙 쪽으로 무너져 내리는 소리 발목까지 잠겨서 나는 발을 빼내려고 애쓰면서 이것은 무슨 의미일까 어쩐지 좋은 일이 생길 것만 같다고 요즘은 그런 생각을 많이 하니까 그럴 것 같다고 짐작하면서 건네받으니 그것도 뼈였다 단단했고 말라 있었다 뒤로 감추면서 나풀나풀 날아가 뒤에 숨은 것은 누구일까 뼈는 대답하지 않고 뼈에는 소리가 없고 마른 흙 쏟아져 젖은 흙 위에 쌓이는 소리 발목까지 잠겨서 그러나 나는 무섭지 않았다 좋은 일이 있을 테니까 요즘은 그런 생각만 하니까 그렇지 않니 이름을 부르려고 하다가 그러지 않았다

산중묘지

—고백12

　묘지에서 있었던 일이다 나는 앉아 있었는데 그것 말고는 할 수 있는 일이 없었다 건너편에 누가 죽었나 보다 누가 묻히려나 보다 하얀 천막이 쳐 있다 사람은 보이지 않는다 죽은 사람도 산 사람도 아직 도착하지 않은 모양이다 얼핏한 기억이 있다 하얀 천막 아래 앉아 시원해서 이건 누가 준비한 것일까 궁금했던 적이 있었다 하지만 오늘은 별도 없는걸 나는 앉아 있었다 마른 잔디를 살살 뒤진다든가 그곳에서 장난감 반지나 돌멩이 같은 의외의 기쁨을 찾아낸다든가 그런 나이도 아닌 것이다 그러니 딱딱해져서 짐작만큼 딱딱해져서 이름 몇 개로 내력을 다 적을 수 있을 만큼 그렇게 그럴 줄 알았는데, 하는 후회 따위는 쓸모가 없을 만큼 딱딱해서 나는, 내가 돌이라도 된 것 같았지 등이 따뜻해졌다 나는 돌아보지 않았다 오늘은 별도 없는걸 하고 중얼거렸을 뿐이다

노트
—고백13

책장 네 번째 칸에서 꺼낸 새 노트는 표지가 검다 그리고 첫 페이지를 넘기면 글자가 적혀 있다 그 글자는 사람의 이름 같다 내가 모르는 이름이다 어깨를 툭 치고 인사를 했는데 낯선 얼굴일 때처럼 나는 놀라서 노트를 덮는다 노트의 표지는 검다 나는 그것을 쓸어본다 쓸어보면서 그 이름이 아는 인가 싶고 창밖은 깜깜하고 집에는 나밖에 없고 아무려면 어떨까 싶어지는 것이다 그래서 다시 노트를 펼친다 노트에는 아무 글자도 없다 그러니 이름도 없고 내겐 그 이름이 아는 이름인지 아닌지 확인할 방법이 없다 창밖은 여전히 깜깜하고 집에는 나밖에 없고 도리 없이 그 이름을 기억해내려고 할 때 나는 노트 위에 두 손이 낯설다 손에 쥔 한 자루 볼펜이 낯설다 이러다 나까지 낯설어지겠어 중얼거리는 입술이 낯설다 걱정이 낯설다 노트를 덮는다 새 노트의 표지는 검다 나는 그것을 책장 네 번째 칸에 꽂아둔다 어쩐지 익숙하게 우연히 만난 아는 얼굴처럼

Ⅲ.

이야기의 테이블

세 자매

오는 길에는 목련을 보았고 지금은 설편雪片이 날린다. 나는 주전자의 물을 컵에 따라두고 아슬아슬한 생애를 구경 중이다. 그렇지 않을 수 없지. 세 자매가 오고 있다. 오늘은 눈이 내리니까 손에 손을 잡고 춤추듯 미끄러지며

나는 그들의 이야기를 사랑한다. 열애 중인 첫째. 언니의 연애편지를 훔쳐보는 둘째. 막내는 둘째를 첫째에게 이르지. 소란이 일어나면 병상의 엄마는 그들을 타이른다. 늙은 아비와 오래된 탁자가 동그란 무늬를 그리며 어둑어둑해지는 동안

컵 속의 물이 식기 전에 도착하면 좋을 텐데. 나는 초조해진다. 그렇지 않을 수 없지. 오늘은 목련을 보았고 공중 가득 설편이 날리니까. 그것들은 사라질 것이다. 그랬다는 사실과 그것을 기록한 못난 글씨 남기고

책 속에는 *씨앗이 있었다네 첫째는 땅을 파고 둘째는 씨앗을 심고 막내는 덮은 흙을 토닥여주었네 세 자매는 손을 맞잡고 기도했네 기적이 일어나게 해달라고 그날 밤 신神은 커다란 닭을 보내 씨앗을 파먹게 했다네*

지난 눈보라를 뚫고서 나의 가게로 찾아온 세 자매는 노래를 불렀지. 춤을 추면서. 그것은 꿈이 아니었을까. 하지만 나는

그들의 이야기를 사랑하고 그러니 세 자매는 오고 있다. 더없이
다정하게 손에 손을 잡고.

오는 길에는 목련을 보았고 지금은 설편의 하늘. 목련 위에
는 아무것도 쌓이지 않고 날리는 눈 뒤에는 무언가 있다. 불안
하다 나의 세 자매. 그들은 어디쯤을 지나고 있는 것일까.

니트

　어느 날의 니트는 조금 좁아지기도 한다 난로 곁에서 난로 곁에서 니트는 조금이라는 부사를 생각한다 생각하다 깜빡 졸고 그럴 때에 니트는 따뜻해 보인다 따뜻해 보여서 방해해선 안되겠으나 나는 불편하다 좁아진 만큼 조금 조금 그것은 얼마큼이지 짐작만큼 짐작보다 팔을 길게 뻗을 때 드러나는 손목만큼 손목만큼 시려서 나는 니트처럼 조금이라는 부사를 생각한다 난로 곁에서 난로 곁에서는 졸게 되어서 어쩔 수 없다 늙었어 늙었구나 싶어지는 것이다 니트와 난로가 없이는 알 수 없는 늙음 늙음은 팔을 길게 뻗을 때 그 길이를 니트가 따라잡지 못할 때 드러난 정맥이 유독 시퍼렇게 보이고 그만큼 시릴 때 알 수 있는 감각 어느 날 니트가 조금 좁아진다면 난로 곁에서 난로 곁에서 좁아진 니트를 생각한다면 누구나 알 수 있는 사실 사실이 나는 불편하다 좁아진 만큼 그것이 조금이고 이제야 눈치챘다는 것도 손목 시리게 겨울 겨울이면 니트를 입고 난로를 켜는 계절이 되면 나는 조금에 대해 생각하기 시작하고 깜빡 졸면서 늙어가기도 하는 것이지만

동경憧憬

동경에 비가 내리네 동경의 밤에 비가 내리네 그 밤을 그 비가 긋고 있네 어둑한 비가 내리는 동경 커다란 시계탑의 커다란 시곗바늘의 커다란 시간을 지나 동경에 닿고 동경의 빗소리가 되는 동경에 나리는 비↖ 동경의 빗소리 칠 초에서 영 초로 가는 빗방울이 영 초에서 칠 초로 돌아가는 동경에 내리는 비 시계탑 앞 가로등 불빛을 흔드네 손바닥만 한 세계의 작고 환한 점 하나가 흔들리네 사라진 빛을 흔드는 동경의 비 사라진 빛이 되지 못하는 동경에만 있는 비 젖어가는 동경에 내리는 칠 초 동안의 영원한 비 주머니 속처럼 깜깜한 동경에 내리는 비 동경에 내리는 비 동경이 아니고서는 아무것도 아니어서 그만둘 수 없는 동경에 내리는 비 동경에 있는 빗소리

↖ G의 문장에서

0   79

그치지 않는다

거리는 지워졌다 이토록 비가 내리는 날에는 저쪽이 이쪽으로 걸어와 말을 건다 그렇게 말을 해도 비는 그치지 않는다 비가 눈이 되지는 않는다 우산이 외투가 되지는 않는다 사람이 풍경이 되지는 않는다 창문의 안과 밖이 뒤집히지는 않는다 비를 맞듯이 비를 맞을 수는 없는 것처럼 나는 젖지 않는다

젖지 않은 내가 이쪽으로 걸어온 저쪽을 만져보고 싶다 축축할 것 같다 동그랗게 맺혔다가 주륵 흘러내릴 것만 같다 이쪽으로 걸어온 저쪽을 젖지 않은 내가 만질 수는 없다 촉촉할 수 없다 만질 수 있는 것은 만진다는 사실뿐이다 온도촉감온도촉감 온도 반복이 다르다가 다르다가 기어코 닮아간다 가까워지지 못한다

그렇다 해도 비는 그치지 않는다 비는 보살피지 않는다 비는 애를 쓰지 않는다 비는 무릎에 앉아 우는 아이다 비는 눈이 되지 못한 비이며 비는 우산이 되지 못한 외투이며 비는 풍경이 되어버린 사람이다 창문의 안과 밖은 여전히 뒤집히지 않는다 비를 맞듯이 비를 맞을 수 없는 것처럼 나는 젖었구나

이상한 일이 아닐 수 없다 이상한 일이다 만질 수 없다니 그치지 않는다니 비를 포기하지 않는다니 비가 되기를 그치지 않고 연속한다니 단속을 거절한다니 투명의 반복 반복의 투명 지

겨워 저쪽이 이쪽으로 걸어와 말을 건다 지워진 거리에서 길을
찾는 사람들이 있다 동그랗다가 주룩 흘러버릴 것처럼 있었다

삭削

계단을 따라 내려가는 소리를 들었다 누가 내려간 것일까 올라온 것일지도 모른다 아무도 보이지 않지만 오전 열한 시가 넘으면 이 방에는 볕이 들지 않는다

이 방에서 삭은 죽었다 삭은 봄을 기다렸다 봄에는 목련이 피니까 아침마다 창문을 열어보는 삭을 나무란 적이 있다 여기에 목련은 없어 삭은 고개를 끄덕였다 아니다 삭은 죽었다 죽은 삭은 고개를 끄덕이지 않는다

겨울이 오기 전에 삭이 말했다 꿈을 꿨어 인부들이, 목련의 웃자란 가지들을 자르고 있었어 가지들 가볍게도 떨어지더라 그림자인 줄 알았지 삭은 웃고 있었다 열한 시가 넘었지만 알 수 있었다

목련에 대해 삭은 이야기해달라고 조르곤 했다 예쁘다 그렇게 말한 사람이 있었어 예쁘다 그 말을 들었을 때 마침내, 목련이 피고 있을 거라는 느낌이 들었지 삭은 이 이야기를 좋아했다

삭은 자꾸 시간을 물어보았다 더 남은 시간이 없었을 때 삭은 말했다 괜찮아 생각해보면 예쁘다 하고 싶었던 게 아니었을까 삭은 예쁜 것을 본 적이 없었으므로

계단이 삐걱대기 시작한다 누가 올라가거나 내려가고 있는 모양이다 삭은 아니다 삭은 죽었기 때문이다 나는 소모를 생각했다 그런 것은 어디에나 있다 계단에도 이 방에도 열한 시면 사라지는 볕이나 예쁘다는 말에도

그것은 마침내, 목련이 피고 있을 거라는 느낌

닳아가고 있다 부드러워지고 나면 구를 것이다 아무런 소리도 나지 않을 때까지 어딘가 닿을 때까지 굴러가서 멈출 것이다 목련이 떨어지기 시작할 것이다

아름다운 개 파블로프

아름다운 개 파블로프는
혼자서 종을 울릴 줄 안다

이것은 사랑에 대한
그럴듯한 비유가 될 수 있다

그렇기 때문에 나는
뜰에 놓인 벤치 쪽으로 걸어간다

아름다운 개 파블로프는 방금
종을 울렸다 뜰을 쓰다듬는 종소리

본관은 어디일까요
나는 두 개의 건물을 놓고 묻는다
때마침 서 있던 남자는
왼쪽 건물을 가리킨다 나는
그러겠다 생각했다 왼쪽이구나

아름다운 개 파블로프는
하얀 공을 찾아 뜰을 뒤질 수도 있고
사람을 물 수도 있다는 사실을 누가
말해주었으면 좋겠다고 생각한다

그러니까 나는 왼쪽 건물로 가야 해
하지만 망설인다 때마침 서 있던 남자가
왼쪽 건물로 들어갔으므로 혹시,
그곳이 본관 건물이 아니라면
그도 나도 무참히 무색해질 것이므로
초면에 그럴 필요가 없잖아 나는
아름다운 개 파블로프의 털을 빗어주고 싶다

새처럼 날아오른 종소리는
구월 바람처럼 솟구쳐 올라서
한낮의 볕으로 반짝이고 있다
보이니 아름다운 개 파블로프야
늙었다 해도 죽음을 피할 수는 없는 거란다

나는 아직도 망설이는 중이다
아름다운 개 파블로프의 털을 빗어주는 기분으로
때마침 서 있던 남자를 믿지 못한 것은 아니다
어차피 왼쪽이 아니면 오른쪽인 것이지 그러나
한 번쯤은 더 들어보고 싶구나 종소리를 점점 더
아름다워지는 개 파블로프야 사랑을 알려주렴

뜰 안에는 무언가 있는 게 분명하다
나무벤치 한 개와
아무튼 있었던 사내와
아름다운 개 파블로프 말고도
아름다운 개 파블로프가 울리는 종소리 말고도
나 말고도
본관과 신관 사이 뜰 안에는 무언가 있었다

위치연습位置演習

　길 건너에는 궁이 있다 열린 문 안으로 오래전 여름, 뜰이 보인다 잔디는 생생하며 나는 그 곁에 서서 카메라를 가지고 있구나 롤라이사社에서 나온 이안 리플렉스는 할아버지의 것이었다 옅은 곰팡내 풍기는 파인더를 열면 모든 것은 거꾸로 움직였다 왼쪽이 왼쪽이 되고 오른쪽이 오른쪽이 될 때까지 셔터를 감고 또 감다가, 구역질하듯 카메라 끈이 끊어져버린 것은 오래전 여름, 뜰과는 무관하다 끼끗이 자라나는 잔디와도 자리는 자리를 옮기지 않기 때문이다 오른쪽 창문은 오른쪽에 왼쪽 창문은 그 반대편에 있는 것처럼 움직이는 것은 별뿐이다 아니다 자리는 자리를 바꾸기 마련이다 오른쪽 창문은 왼쪽 창문이 되고 왼쪽 창문은 그 반대편에 있다는 당연한 감각 이상한 감정 나는 아직 어딘가에 그 카메라를 가지고 있다 끊어져버린 끈은 없지만 이제 막 정오 그림자는 구역질하듯, 거의 보이지 않는다

신파

나는 그 소리를 듣는다
자정에 발톱을 깎을 때에도
서툰 것은 삐뚤빼뚤하고
검은 소파에 몸을 구겨 넣고
잠이 들었다가 깨어난 새벽에도
비가 내리고 있어
이상하다고 여겨질 때도
시원하지도 뜨겁지도 않고
괜찮냐는 질문에는 딱히
대답할 말도 마음도 없을 때에도
일층에서 이층으로 걸어 올라갈 때
이층에서 일층으로 뛰어 내려갈 때
지하에 살고 있는 것이 궁금할 때
나는 그 소리를 듣는다
전자회로가 흥얼흥얼 대는 듯한
인형 배 속에 숨어 있을 수 있고
눌러보면 아무 소리도 내지 않으며
짚이지 않으니 짐작할 수 없는 것
스승의 날 노래 같은 것
어린이날 노래와는 다른 것
들어본 적이 있는데, 하면 끝나고
들어보고 싶으면 들리지 않는 그런 것

들어보고 싶지 않아도 그래도
들리지 않는 그런 것
작고 가볍고 빠르게
우리는 이따금 너무 울고
그렇게 하지 않아도
나는 그 소리를 듣는다
어미를 잃은 어린 새는 본 적 없지만
어미를 잃은 어린 새처럼
다 살아도 다 산 게 아니므로
크고 중요한 것은 크고 중요하고
하찮은 것은 하찮지 않게
네가 남긴 글자들을 읽지 않으면
그건 소리가 아닌 것이다

마른 물

나는 마른 물을 알고 있다
마른 물은 파닥거린다 내가 입술을 댈 때마다
처음에는 부끄럼 때문이라고 생각했다
마른 물이 살아 있다는 사실은 잊은 적이 없다

마른 물은 말을 배운다 어쩌면
원망을 배울지도 모른다 아니 이미 알고 있는지도
그래서 안녕, 하고 인사를 하게 된다면
나는 어떤 표정을 지어야 할까 짓게 될까

마른 물에게도 손이 있다 금방 놓아버리는 손
그런 손의 쓸모를 생각한다 고심한다 나에겐
손이 필요하니까 그런가 의심해보기로 한다
나의 필요를 물끄럼 바라만 보는 마른 물

고백하자면, 고백은 필요 없는 것이다
마른 물을 안아보려고 한 적이 있다
마른 물은 입을 꾹 다물고 아무것도 쥐지 않았다
마른 물은 마른 물이구나 조용하다 아득해

빛이 마른 물 위에서 반짝이던 날도 있었다

오늘은 이천이십일년구월이십육일
평균기온이십도 꽃은 피지 않고
위에서 아래로 왼쪽에서 오른쪽으로
낡음이 멀어져 말라가는 계절

얼굴을 손에 묻고 있으면 볼 수 없다
나는 냄새를 맡는다 아, 마른 물이다
마른 물이 걸어가고 있다 그런 냄새다
마른 물이 멈춰 서서 이쪽을 돌아본다
그런 냄새다 웃고 있는 것 같네 마른 물
나는 마른 물이 웃는 것을 본 적 없는데
생각하다가 잠들어버린 적도 있었던 것 같다

꿈속에서도 마른 물은 파닥거린다
살아 있기 때문이지만 그때마다 나는
마른 물이 튀어 젖어버린 사람처럼
울고 싶어지곤 한다 어른은 소리 내지 않아
그리고 마른 물은 여전히 아름답다

거리연습 距離演習

십칠 시 이십오 분 다시 비 내리는 저녁

검은 새 구조물 위에 내려앉는 검은 새

그루터기 언제 잘렸는지 남아 있는 그루터기

외국인 종이 울리자 성호를 긋는 외국인

오늘은 허탕이 되어버렸고

당신은 아무것도 들고 있지 않아요

천천히 말해보는 것이 좋겠습니다

비도 검은 새도 그루터기도 외국인도 오늘은 당신은 천천히
저녁은 구조물은 남아 있고 좋은 성호는 허탕은 사라졌다고 천
천히 말해보려는

당신은 아무것도 들고 있지 않습니다

책 정신없는 사람들이 쓴 정신없는 사람들을 위한 책

마음 비가 내리니까 아직 내놓으면 안 되는 마음

기억 이제는 여덟 시 아직 한 시간쯤 남은 기억

오늘은 허탕이고 천천히 말해보세요 사나워지지 말아요 당신은 아무것도 들고 있지 않아요

자전거 거치대만 한 슬픔

나는 자전거 거치대 옆에서 자전거 거치대만 한 슬픔에 사로잡혀 있다 자전거 거치대만 한 슬픔은 굳건하며 단단해 무엇이든 붙들어놓는다

자전거 거치대만 한 슬픔 언제부터 있었는지 알 수 없는 그러니 관리대장도 없고 군데군데 칠이 벗겨진 흉물일지라도 자전거 거치대가 아닐 수 없는 것처럼 자전거 거치대만 한 슬픔은 자전거 거치대만 한 슬픔이 아닐 수 없다 몇 달 전부터 나는 자전거 거치대만 한 슬픔에 대해 생각했으며 밤이고 낮이고 할 것 없이 생각했으며 자전거 거치대만 한 슬픔에 사로잡혀 있다

아름다운 네가 걸어온다 멀리서 이쪽으로 자전거 거치대 쪽으로 그 옆에 있는 나의 쪽으로 자전거 거치대만 한 슬픔 쪽으로 아름다운 네가 걸어온다 자전거 거치대를 그 옆의 나를 자전거 거치대만 한 슬픔을 지나쳐 멀어져 간다 그러나 자전거 거치대는 그 옆의 나는 자전거 거치대만 한 슬픔은 버림받은 것이 아니지 주인이 없는 것은 버려지지 않으니까

하지만 나는 열쇠를 잃어버린 사람처럼 미움과 원망에 가득 차서 아름다운 너를 바라고 있다 아름다운 네가 말을 걸어주었으면 좋겠다 안녕하세요 왜 그러죠 뭘 하는 거죠 잃어버린 것이 있나요 같이 찾을까요 바닥을 툭툭 차면서 너는, 많이 더워졌지

요 비가 오려는 모양이에요 자전거 거치대만 한 슬픔에는 눈길
한 번 주지 않고 손부채질을 하는 아름다운 너를 따라가고 싶다
자전거 거치대만 한 슬픔을 끌면서

한두 방울 비가 떨어지기 시작했고

그런 일은 아무 일도 아닌 일에 속하려 한다 나는 열쇠 찾기
를 포기한 사람처럼 낙담과 절망에 가득차서 여기 있다 자전거
거치대 옆에서 자전거 거치대만 한 슬픔에 사로잡힌 채 한두 방
울 떨어지는 비에 젖어가고 있다 굳건하고 단단한 자전거 거치
대만 한 슬픔으로부터 녹이 슬어가는 냄새가 풍겨온다 아무래
도 아름다운 너는 돌아오지 않겠지

ↄ 같은 방식으로 다르게 살아가는 연우 형에게

벼린다는 말

그림자 사람은
그림자를 가지려고
눈이 내린 숲에서
숲속 작은 굴에서
하얀 토끼와 함께
벼린다고 합니다
벼린다는 말
좋지 않나요
들어갑니다 깊이
보세요 이래도
좋지 않나요
끝에 닿은 것은
끝이 될 수 있다는
벼린다는 말
흐른다는 말
맺힌다는 감각
들어갑니다 더 깊이
춥지 않나요
벼린다는 말
눈이 내린 숲
숲속 작은 굴
하얀 토끼의 뒷발처럼

눈이 빨개져서
모른다는 말
하지 않기로 해요
더 들어갈 수 없으니
돌아갑니다
시계의 반대 방향으로
벼린다는 말
잠그는 형식으로
그림자를 갖는 일
아주 느린 일
몹시 느린 일
끝이 나지 않는 일
끝이 없는 일
맺힌 것이 떨어지고
빨간 눈의 빨간 눈물
빨간 단서
빨간 것을 쫓아서
그림자 사람은
그림자를 떼려고
벼린다는 말
버린다는 말
닳아 사라지는 말

눈이 녹는 말
세계가 달라붙는 말
좋지 않나요
물어보는 것은 아니고
듣고 싶은 것도 아니고
눈이 녹는 숲
숲속 작은 굴
하얀 토끼의 앞발처럼
조용합니다
조용한 것이
떨고 있네요
벼린다는 말
구멍입니다 깊이
보세요 이래도
좋지 않나요
구멍 속의 당신
오는 당신이 보이는 일
당신만의 일
벼린다는 말
벼린다는 의미
벼린다는 생각
벼린다는 물건

벼린다는 아무것도 아니고
벼린다는 벼린다
듣고 싶지 않아요
맹세하지 말아요
미안합니다
구멍의 한쪽이
무너지고 있어요

의자들 있는 오후

아무도 없는 오후는 의자 열두 개 뒤늦게 구석에서 발견한 하나는 감추어두기로 한다 접혀 있던 의자를 펼쳐놓는다 접힌 것과 펼친 것 사이에는 온통 의자뿐이다

열두 개의 의자에는 아무도 앉지 않는다 아무도 없는 오후이기 때문이다 아무도 앉지 않는 것과 아무도 없는 것 사이에는 느닷없이 환한 창밖이 있고

창밖에는 안쪽을 들여다보는 이가 한 명쯤 있는 법이다 아무도 없는 오후를 한 사람이 있는 오후로 만들 수는 없지 나는 문을 잠근다

이제 나는 열두 개의 의자를 두 개씩 포개어 여섯 쌍을 만든다 열두 개의 의자와 여섯 쌍의 의자들 사이에는 아무도 앉을 수 없다

여섯 쌍의 포개어진 의자를 위층으로 옮긴다 위층에는 위층의 아무도 없는 오후가 있다 이제 이런 일에는 익숙해 의자는 중얼거린다 나도 따라 중얼거린다

의자의 중얼거림과 나의 중얼거림 사이에는 긴장감이 있다 열세 번째 의자처럼 세 번에 걸쳐 중얼거리는 의자를 중얼거리

며 위층에 옮겨놓는다

  그리하여 아무도 없는 오후는 이제 아무런 의자도 없고 그것
은 다행의 범주에 속한다 아무런 의자가 없는 것과 아무도 없는
오후 사이 나는 잠근 문을 풀어놓는다 창밖에는 아무도 없다 오
후가 끝나가고 있다 어디가 끝인지도 모르면서

나의 차례

　더 이상 비가 내리지 않는 거리 아직 우산을 접지 않은, 우산도 접는 것도 잊고 소리 내어 웃고 있는 남녀가 있다 통화 도중 성을 내고 끊은 둘째 동생이 있다 (여기에 너는 없지 너의 옆에는 무엇이 살고 있니) 나는 셔츠의 단추를 하나 더 풀어 드러낸 맨살 만진다 닿음과 닿음 사이 만지는 것과 만져지는 것 거기 여기부터 여기까지 이것이 나의 차례 그것이 나의 기회 살도 뼈도 얻지 못한 나의 한계를 생각한다 설명도 조립도 되지 않는 의심과 희망은 알아서 잘도 자라난다 여전히 덥고 그저 덥다 쓸모가 없이 물기 먹은 한여름보다 더 가문 손금이 말라가는 모양을 숨기는 더는 비가 내리지 않는 거리에서 나는 열기熱氣를 쓰고 덮고 있다 말라가고 있다 의미를 지우며 열심히 다음으로 걸어가 다음을 걷고 있었다

가변시력

로터리에는 글자가 사백구십한 개 있다 그 글자들은 움직이지 않는다 새가 한 마리 날아간다 그것은 외마디 글자처럼 보였다 은행을 맴 맴돌고 있는 붉은 벽돌 화단 위 전멸의 꽃들은 한 글자 한 글자 열 글자쯤 뿌리를 감추고 화단에 앉은 초로의 여자가 바라보는 횡단보도 건너는 남자 셋 여자 넷 앞모습 뒷모습 그중 하나는 유령이다 틀림없이 그것은 흘러간다 흐르는 것은 글자가 될 수 없어요 일곱에서 하나를 지우세요 종이를 밀어내는 지우개 소리 그것은 한밤을 연상케 하지 그러니 한밤이다 아주 까만 밤이다 로터리를 걷는 사람 한 명도 없는 지우려야 지울 수 없는 새까만 밤이다 부질없이 지우개 가루를 털어내는, 영 인칭의 인간 모든 것이 수포로 돌아가려는 찰나 그의 발밑에 아까 흘러간 유령이 고인다 그러니 더하기 하나 이제 로터리에는 글자가 사백구십일 더하기 열일곱 그리고 아슬아슬 오소소 소름 돋게 더하기 (떨리는 목소리로) 하나 분명 어떤 글자들은 잘 보이지 않는다 로터리에는 오백여덟 개의 글자 그중 하나는 깜빡인다 분명히 마치 영원으로 가려는 것처럼 반복적으로 지겨워 지겨워 그런데 말이야 비밀 하나 알려줄까 눈이 하나라고 숫자가 반절 줄어드는 것은 아니더라고 울지 마 울지 마 네가 울면 글자들 반짝이잖아 아롱아롱 세 배 네 배 천 배 만 배 불어나잖아 다시 다시 로터리에는 글자가 사백구십한 개 그 글자들은 움직이지 않고 꼼짝도 않고 그리고 하나둘, 셋

다름없이 아침

오전에 나는 상자에 대해 읽었다 그런 덕분에 나는 상자에 대해 알고 있다 할 수 있다 낡은 상자다 뚜껑을 가진 상자다 아무도 상자의 뚜껑을 열지 않는다 상자의 모든 것이 반복되고 있는 동안 출근시간이 지났고 복도를 걷는 사람은 더 이상 없다 다시 나는 상자에 대해 읽고 있다 상자를 흔들어보는 것처럼 텅 빈 시간이 빛을 지나쳐 조금 더 어두운 쪽으로 사라져간다 상자를 열어볼 용기를 내는 것은 누구일까 나는 아니다 나는 오래된 종이를 넘기다 말고 이따금 밑줄을 쳐야 하나 고민하는 사람이다 그리고 여전히 나는 상자에 대해 읽고 있다 그런 덕분에 상자에 대해 알아가고 있다 할 수 있다 여전히 낡은 상자다 여전히 뚜껑을 가지고 있는 상자다 아직 아무도 상자의 뚜껑을 열지 않는다 길고 긴 하나의 문장이 여러 개로 분절된 채 다른 면을 가진 한 개의 육각면체로 수렴된다 오전은 아직 끝나지 않았다 최후의 한 사람이 출근을 마칠 때 비로소 오전은 끝이 날 것이다 오후는 어떻게 오전을 지워버릴 것인가 용기 있는 자가 뚜껑을 열 때처럼 급작스럽게 혹은 조심스럽게 아무것도 아닐 수 없는 것처럼 나는 질문 아래에는 밑줄을 긋지 않는 사람 그리고 상자에 대해 읽는 것과 같이 의심을 가지고 있다 할 수 있다 집요하게 지속적으로 안팎을 비워낼 상자에 대해 그것의 뚜껑과 뚜껑이 열리지 않고 있다는 사실에 대해서도 이 지난하고 지루한 아침처럼

실종자

사진을 한 장 받았습니다 사진이 지시하는 그곳에는 비가 내리지 않는 모양입니다 사진이 언제 것인지도 모르면서 나는 다행이라고 생각했습니다 기억은 비가 오거나 비가 오지 않는 날씨로 시작하기 때문에

책상 위 마른 먼지를 쓸다 아, 사진 얘기를 했었지 깜박했네요 이건 다른 얘기인데 깜은 어둡고 박은 밝은 것일까요 깜은 켜진 것이며 박은 꺼진 걸까요 나는 어느 쪽에 매달리는 편일까요 깜 혹은 박

기차역이었습니다 사진 말이에요 *깜박하지 말아요* 정확히는 기차역의 간판이었어요 파란 바탕에 하얀 글자 그 글자가 어디를 가리키는지 그런 것은 궁금해할 필요가 없어요 역의 이름은 언제나 미끄러져 금방, 꽁무니만 보인 채 멀어지니까

대신 나는 엉뚱한 생각에 빠지고 말았던 것입니다 그 생각은 어둑어둑했고 당장이라도 불 밝힐 듯 위태함에 현기증을 느끼면서 공복감과도 비슷하군 싶었던 오래된 이야기 만지면 바스러질 추궁의 시절 광장에는 흔히 비둘기 떼가 있고 악사나

그들이 펼쳐놓는 궁핍의 음악 아무도 귀 기울이지 않는 사연에 그만 눈물이 날 한 사람이 있었던 거였습니다

그는 어디로 가려는 것일까요

당장이라도 실종될 것처럼 서 있는 그의 앞에 기차역의 광장의 비둘기 떼의 악사의 음악의 무리 진 사람들의 사연의 겹침 반복 동일성의 클리셰 지독하네 곧 출발할 텐데

불이 켜졌다가 순식간에 꺼져버렸습니다 아무도 눈치채지 못하게

깜박하고 말았네요 사진이요 내가 받은 기차역 간판 사진 파란 바탕에 쓰인 기차역 이름이 찍힌 나는 물어보고 싶었습니다 너 지금 어디야 대답하지 말아요 불안해 엉뚱한 생각에 빠져 있었거든

이 사진은 단서인 게 분명해요 오라는지 가라는지 알 수 없는 손짓 같은 다시 비가 내리기 시작하는데 그곳은 어떠니 여전히 비가 내리지 않는 앞일까 그곳에도 광장이 비둘기 떼가 악사의 음악이 사연으로 무리 진 사람들이, 너 지금

기다리다가 깜과 박의 어슷한 박자 사이에 나는 분명 당신은 *아니죠* 거리를 보다가 사진을 보다가 엉뚱한 생각을 하다가 주욱 미끄러진달까 찢어져버린달까 하는 모양으로 실종의 기분

출발도 도착도 없이

우산을 쓰지 않고 있습니다 어디서나 어느 누구도

빈 테이블 서사

우는 사람이 있으므로 울린 사람도 있다 흘리고 닦아주는 사이로 떨어진 눈물은 사건이다 알아듣는 법과 알아듣지 못하는 법이 섞여 조금씩 옅어질 거라고 믿는 사건도 있다 믿지 않는 사실을 늘어놓는 사건이 하나 더 있다 아무도 울리지 못하는 사연이 엎질러진다 괜찮냐는 질문과 괜찮다는 대답이 흘러 한 방울 다시 한 방울 떨어진다 인물과 사건과 문답은 테이블을 구성하지 아니한다 그러므로 비어 있다 비어 있을 것이다 비어 있고 남아 있을 것이다 목격한 누군가 테이블이 있었다고 그것은 비어 있는 테이블이라고 말할 것이다 이것이 테이블, 비어 있는 테이블의 서사 누가 닦아낼 때까지 젖은 젖어 있는 이야기의 테이블

기린 인형

나의 기린 인형은 책장 위에 놓여 있다 그것을 책장 위에 올려둔 사람은 나인데 가끔 깜짝 놀라곤 한다 누가 책장 위에 기린 인형을 올려두었지?

기린 인형은 기린이 아니며 기린 인형이 아닐 수 없다 목이 긴 사슴 인형이거나 목이 긴 토끼 인형일 수 있겠지 인형의 세계에 불가능은 없으니까

그렇다 해도 저것은 기린 인형 처음 보았을 때부터 지금까지 책장 위에 올려놓았을 때에도 기린 인형이 분명하다

기린 인형 앞에선 아무것도 숨기지 말아야 한다 숨길 수 없기 때문이다 책장 위의 기린 인형은 목이 길고 목이 길어 무엇이든 볼 수 있다

겁에 질려 나는 묻는다 누가 책장 위에 기린 인형을 올려두었지? 물론 기린 인형은 꼼짝도 않는다 밤이면 어두워졌다가 낮이면 나타나는 방식으로

어떤 오후가 되면 나는 기린 인형을 꺼내 볕 아래 두곤 한다 기린 인형은 기분이 좋아 보인다 그것은 나의 기분일지도 모른다

꿈을 꿀 때도 있다 기린 인형은 목초지에서 긴 목을 구부려 풀을 뜯는다 물을 마신다 나를 본다 내게 속삭인다 *나를 책장 위에 올려둔 건 누구지?*

꿈에서 깨어나면 나의 기린 인형은 여전히 책장 위에 놓여 있다 그럴 때 기린 인형은 기린처럼 슬퍼 보이기도 하지만

기린 인형에게는 슬픔이 어울리지 않는다 그런 생각에 잠겨 내가 기린 인형의 긴 목을 쓰다듬을 때 그것은 말랑말랑하고 참으로 부드럽다

기린 인형은 기린이 아니며 기린 인형이 아닐 수 없지 나는 그런 사실을 알고 있지만 알고 있는 것일까 기린 인형, 나는 중얼거린다

☾ 시인 안미옥으로부터.

세계에 대해,
조금 더 적은 측면으로

그 이름은
옆으로 옆으로 걸어가
벽에 어깨를 기댄다
사실은 떠밀린 것이다
밤에 밤의 무게에
무게의 매력에
고양이가 자세를 낮추고
귀를 세우는 것처럼
그 이름은 대개 그러하듯
세 글자로 되어 있다
네 글자는 어색하고
다섯 글자는 신기해서
벽을 더듬는다 다행히
낙서 하나 없이 깨끗하므로
이제 그런 이름은 없어
낭만과 추억이 되어버렸지
반도덕 선언처럼
교과서를 읽듯
그 이름은 벽에 의존하여
앞으로 걸어가고 있다
어깨가 쓸리는 것도 모른 채

실은 실연을 했습니다
실은 곰탕을 먹었습니다
실은 걸레질을 하고
청소기를 돌렸습니다
실은 버스를 탔습니다
종점에는 열 살 먹은 개
똘이가 묶여 있습니다
똘이의 밥그릇 위로
눈이 내립니다 똘이는
왕왕 짖습니다
이 여름에 생각하는
지난겨울 이야기입니다
실은 모두 지난겨울
지난겨울 이야기입니다

나는 그 이름을 쫓아간다
열 걸음쯤 떨어져서
그 이름이 걸음을 멈추면
나도 멈추고
그 이름이 걸어가면
나도 따라 나아간다
둘의 그림자는 길고

길고 밤은 한곳을 향한다

그것은 미래의 방향

물길처럼 스스로

소리를 내면서 운다

이름이 입술을 만지면 늘

입술은 내 것이 아닌 기분

다행이야 이름이 있다면

아무것도 말하지 않아도 되니까

닫히지 않은 세계의

조금 더 적은 측면에 대해

생각하는 사람처럼

누가 노래를 부르고 있는데

그 이름은 아니다

그것은 나여서도 안 된다

연작戀作

해를 가린 구름은 낮고 얇았다 나는 보았다 사람들의 이마를 이마는 들뜬 색으로 빛나고 있었다 그것은 자작나무가 아니었다 구름은 동쪽으로 밀려나버렸다 거리는 환해졌고 단단한 자동차들은 아랑곳없었다 그것은 자작나무가 아니었다 나는 창문을 톡톡 두드렸는데, 누구든 여기를 보라고 내가 여기 있다고 안에서 밖으로 말라고 있다고 갇힌 것도 아니면서 수인囚人처럼 신호를 보내려는 것은 아니었다 그때 내 손가락은 보기에 따라 자작나무 가지 갓 자라난 얇은 가지 어쩌면 미처 자라지 못하고 부러져버릴 가지처럼 보일 수도 있었겠다

왜 자작나무일까 나는 자작나무가 측백나무일 거라고 생각한 적이 있다 측백側白 자신의 몸을 껍데기에 불과한 거라고 늘 생각하고 있었으니까 자작나무로 가득한 자작나무 숲을 측백나무 숲이었다고 생각했고 말했고 어리둥절해하는 상대 얼굴을 이해하지 못한 적이 있다

한 사람이 지나간다 그것은 자작나무가 아니었다 그런데도 나는 그를 베어버리고 싶었다 도끼를 들고 호리호리한 그의 몸통을 내리치면 연기가 흘러나올지도 몰라 당장이라도 유리문을 열고 뛰쳐나가서 그 허술한 것을 사로잡아버릴까 하지만 그것은 자작나무가 아닐 것이다 다시 한 사람이 지나간다 그것은

자작나무가 아니었다 한 사람 또 한 사람 자작나무가 아닌 것들 투성이구나 한낮의 착각이 자작나무가 아닌 것들의 숲을 이루며 왼쪽에서 오른쪽으로 오른쪽에서 왼쪽으로 흔들리고 있었다

*

나는 다 젖은 숲길을 따라 걸어본 적이 있다 어디선가 나타난 개 한 마리가 앞서갔다 그때 그 숲의 나무들이 자작나무였을까 개는 자꾸 뒤를 돌아보았다 개를 쫓아가서는 안 되는 거였다 개가 수풀 사이로 몸을 감출 때마다 불안해해서는 안 되는 거였다 다시 개의 모습이 보일 때마다 안도해서는 안 되는 거였다 기억 속의 나무들은 하얀 몸을 가리지 않는다 그것은 자작나무였을까

톡톡 두드리던 창문 너머 한 사람이 걸음을 멈추고 내 쪽을 본다 자작나무가 아니라고 고개를 젓는다 그는 나와 눈을 맞추려고 노력한다 나는 그를 벨 수 없다 베어서는 안 된다 그것은 자작나무가 아니기 때문이다 그의 이마는 깜깜하다 그는 자작나무가 아니다 그러나 나는 개를 본 것만 같다 개는 내 쪽을 향해 컹-하고 짖었다 우르르 떨기 시작했다 개가 짖은 소리는 자작나무들에 부딪혀 영생을 얻고 있다

곤두박질친 채 서 있다 나는 내리꽂혀 숨을 쉬고 있다 엉금

엉금 기어 문 쪽으로 달아나는 그림자 잡아야지 도망칠 수 없도록 허술한 문 아래 틈으로 손을 밀어 넣었다가 거두는 빛

가을의 빛

*

그리고 당신은 잠들어 있다 문을 두드려도 이름을 불러대도 당신은 깨지 않을 것이다 문도 이름도 없고 두드리거나 불러댈 사람도 없이 당신은 잠들어 있다 잠든 이마 위에서 흔들리는 것 그림자인지 그늘인지 알 수 없는 것 그런 게 있다 그것은 꿈이다 꿈은 보이지 않지만 꿈이 아닐 수 없다 검고 얇고 사근사근 흔들리다가 멎은 듯 사라져버리는, 그것을 꿈이 아니라면 무어라고 부를 수 있을까 때마침 당신은 잠들어 있고 깨지 않고 그러니 꿈을 꾸고 있는 것이다 꿈에서, 당신이 춥지 않았으면 좋겠다 덥지 않았으면 좋겠다 울지 않았으면 좋겠다 멈추려는 그네처럼 아무 일도 없었으면 좋겠다 그러하길 바라는 건 누구일까 대답하지 않아도 된다 당신은 잠들어 있으니까 깨지 않고 꿈을 꾸면서 다시 간들간들 흔들리는 검고 얇은 것이 있어 손을 대어주는 사람이 있다

*

잠들지 마 그대 거기 없어도 등을 쓸어주거나 머리를 만져주는 그대 없어도 잠들지 마 말 거는 그대 없어도 그대 없어 슬프더라도 잠들지 마 부디

떨어진다 빗방울 귀를 기울이면 뜯기는 소리 뜯겨나가는 소리 보이는 것은 없다 눈을 감았다 떠본다 깜깜해 그저 뜯겨진 것은 내 눈동자일까

그러니 잠들지 마 그대 가난일지라도 손가락은 있잖아 손끝이 있잖아 목젖까지 닿는 깊숙함이 있잖아 그대 빼내려고 애쓰지 말아 형편없이 쪼그라들어도

마른 잎이 우르르 몰려가는 소리 고양이가 울고 있다 하얀 것이다 며칠 전 그 하얀 것의 꼬리를 본 적이 있다 지금은 보이지 않지만 기다랗게 놓인 하얀 꼬리 끝 날렵한

자작, 나뭇가지 부러진다 누가 걸어가고 있는 모양이다 걸어오고 있는 모양이다 누구지 그림자가 여럿이다 그것들은 흔들리다가 우뚝 멈춰선다 우우, 바람이 울고 있다

그리고 마침내 떨어지는 과일 과일은 동그래 어떻게 생각해

도 데구르르 굴러가 발치에 툭 닿아 구르기를 멈추고 나를 빤히 바라본다 어쩔 수 없이 빨간색으로

베어 물어봐 그대 잠들지 않도록 읽을 것도 쓸 것도 많이 남아 있어 그대 잠들지 않도록 다시 빗방울이 떨어지잖아 들려? 저 소리가 들려? 아파? 그대

이 일은 끝나지 않아 비가 내리거나 마른 잎이 쏟아지거나 고양이가 울거나 자작, 나뭇가지 부러지거나 세상은 그중 하나에 걸려 보이지 않는다 나는 과일을 주워들어 바지춤에 닦는다 그것은 너무 먹음직스럽다 먹을 수 없을 정도로 먹음직스러워서 나는 그것을 베어 물지 않을 수 없는 것이다 그대 잠들지 못하는 얼굴 우리 어디서 만난 적 있지 않아요

그것은 자작나무가 아니다
그렇게 말하는 사람은 누구일까

*

그곳에도 내려앉을 하늘은 있을 것이다 때마침 폭설 직전 겨울의 입구에서 아직 한 발짝도 떼지 않았는데 쏟아질 눈을 예감하는 것은 그곳의 특권이다 사람들은 외투의 깃을 세우고 자욱해진 거리를 헤치듯 나아간다 서 있는 것은 나뿐이다 나는 길

건너편 나무들의 마른 가지를 보고 있다 그것은 울부짖음 같다
소리를 내지 않고 차츰차츰 어둔 빛으로 타오르고 있구나 먼저
눈의 발바닥을 만져보려고 하얗게 뒤덮이려고 애를 쓰면서 뻗
어가는 가지들 소리는 무거워진다 불빛을 거두고 셔터를 내린
가게 주인의 두 입술처럼 폭설 직전 나는 서 있다 생각해본다
생각은 나아가지도 물러나지도 않는다 주머니 속 나뒹굴고 있
는 두 손처럼 딱딱해져서 내 것이 될 수 없다 내버려두고 있다
폭설 직전 그곳에서 소문은 아무 쓸모가 없다 의미란 오직 지
금, 당장뿐이다 그러니 곧 폭설 직전

　*

빼내려고 할수록 파고드는 것이 있다 그날 밤
나는 사랑의 몸이 얼마나 딱딱한 것인지 알게 되었다
애쓰지 마, 사랑이 그렇게 말해주면 좋았을 것이다
나무토막 같았다 사랑은 미동도 하지 않았다
동굴 같았어, 이제야 나는 기억할 수 있다 그날 밤
움직이는 바늘처럼 기어들어 기어코 한몸이 되어버린 슬픔
취한 사람이 휘두르는 삽에 뭉개지는 화단처럼 아픔
빼내려고 애를 쓸수록 깊어지는 것이 있다 그날 밤
나는 사랑의 한끝을 붙들고서 그의 이름을 불렀다
이제 잊어, 말해주는 사랑이 있었다면 좋았을 것이다
어디 좋은 것만 있겠어, 나는 대꾸를 해주었을 것이다

사랑의 딱딱한 한끝을 놓아주고서 팔짱을 끼었을지도 모른다 그날 밤, 나는 사람이 될 수 있었을지 몰라 딱딱한 몸을 가진 사랑은 묻어두고서 이제는 후회하고 있다

*

그것은 측백나무가 아니다 자작나무도 나는 노을이 지기 시작하는 창밖을 보고 있다 사람들의 한쪽은 어둡다 그들은 모른다 생애란 얼마나 짙은 그림자인가 그러니 개중에는 와르르 웃음을 터뜨리는 무리가 있는 것이다 그들은 측백나무가 아니다 나는 그들을 따라 웃고 싶다 숨도 쉬지 못할 정도로 웃고 싶다 바닥을 뒹굴면서 웃고 싶다 그러다 그만 웃음을 그치고 싶다 웃음이 그치지 않아 눈물을 흘리고 싶다 애원하고 싶다 기도해야겠지 제발 웃음이 그치게 도와주세요 신은 측백나무가 아니고 갈구도 도움도 측백나무가 아니므로 웃음도 측백나무가 아니고 바람은 더구나 측백나무일 수 없는 것이다 하지만 나는 동그랗게 몸을 말고 바닥에 엎드려 기도하고 있는 나는 웃음을 그치지 못해 눈물을 쏟고 있는 나는 측백나무처럼 보일 수도 있겠지

문을 열고 들어오려는 측백나무가 아닌 맨발의 사람이 있다 그가 측백나무였다면 나는 그를 환영했을지도 모른다 그는 측백나무다 아니다 그는 측백나무도 아니다 그는 자작나무처럼

걷는다 하지만 그는 자작나무가 아니고 그의 맨발을 따라 저벅저벅 걸어 들어오는 젖은 발자국은 자작나무가 아닐 수 없다 이상하지만, 어디 이상한 것이 한두 개인가 젖은 발자국으로 이루어진 숲 나는 그곳에 입을 맞추고 싶었다 사내는 나를 말리지 않고 그윽한 눈으로 내려볼 것이었다 그것은 바람소리를 닮았다 한 차례 쏟아지는 지난날의 울음들

  그러나 고개를 들어보렴 측백나무 사내나 그의 맨발이나 젖은 발자국 따윈 있지 않단다 현실의 창문에는 조각난 노을 반짝임이 뭉개져 만든 피로의 빛 아무리 노력해도 붙잡을 수 없도록 창문에 붙어 방을 구경하고 있잖니 너의 한쪽이 어둡다 불을 밝힐 시간이야 흔들리면서 살아갈 너의 시간이야 하지만 그것은 자작나무가 아니다 측백도 아니다 말라가는 것이 있었다 자세히 들여다보면 이미 말라버렸고 산산히 부서지려고 하고 있었다 저녁의 풍경이, 아니 네가 네가, 라고 불리는 내가 그것은 자작나무가 아니라고 말하는 내가 그러고 있었다

  *

삼 년 전 개는 나를 따라오지 않았다
그 개의 털은 하얬다 코는 빨갛고
나는 삼 년 전 개가 짖던 소리를 기억한다
삼 년 전 개가 한 번 짖을 때마다

내 가까이서 아직도 짖을 때마다
멀리 떠난 것이 되돌아온다는 사실에
소스라치곤 했다 삼 년 전 개가 짖는다

*

자작나무가 아닌 것이다 자작나무가 아닌 것은 나는 온전히
어두워진 어두워져 서서히 움직이고 있는 창밖을 보고 있다 마
치 자작나무가 된 양 하지만 자작나무가 아닌 것이다 나도 창밖
도 서서히 몸을 뒤채가며 어둠 속을 유영하고 있는 저 어둠도
그것은 끝나지 않을 것처럼 보인다 자작나무 숲 삼 년 전 개가
짖어대는 깊고 깊은 숲 거기 작은 조각 하나 한때 자작나무로
살았고 자작나무가 될 거라고 믿었으며 그리고 기억을 지운다
자작나무의 바깥으로부터 점점 넓어져 아득해질 때까지 아무것
도 자작나무가 아니게 될 때까지

자작나무가 아니다 아니어가고 있고 아직도 앞으로도 자작
나무가 아니다 창문에 드리워진 저 마른 사람은 자작나무가 되
고 싶었던 것일까 나는 증언하지 않겠다 한 번도 내 뜻이 허락
된 적은 없었다

부록

그림자의 말

문을 열고 나서면 아무것도 없습니다.

아직은 겨울.

나는 매번 알아챕니다.

그래서 걷고

그래서 도착하고

그래서 말하기 시작합니다.

그림자가 내려와 묻습니다.
어디에 감추었니.
돌멩이처럼 슬픈 말입니다.
둘 다 가진 것이 없어서.
그걸 알고 있어서.
모르는 체하고 있어서.

나는 혼자야.
그림자가 고백했습니다.

우리는 밤에 대해서만 이야기합니다.
정작 밤이 되면 숨을 거면서.
몰래 살짝 가만 조용 그냥
있을 거면서.

우리는 밤에 대해서만 이야기합니다.

밤이 오고 있어요. 아직 한낮인데.
밤만 생각합니다. 우리는.

한두 방울 비가 떨어지기 시작했고
밤에는 무엇이든 잘 보이지 않습니다.
괜찮아요.
아무리 추워도 그림자는
젖지 않습니다.

낮에 만난 그림자는 말이 없습니다.
빤히 보고만 있습니다.
그와 헤어지고 난 다음 나는
짙고 옅음과 함께
괴로움에 대해 생각하게 되었습니다.
생각 끝에 사랑에 빠지게 되었기 때문입니다.
사랑에 빠져선 이별을 기다리게 되었고
이별을 하자니 남은 것이 없고
그러니 괴로울 수밖에요.

무슨 말인지 아시겠어요.

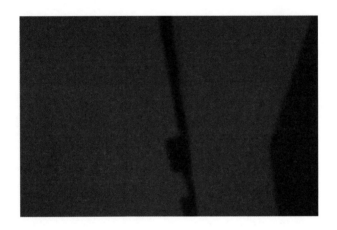

"마침내 찢어져버린 편지처럼 하루가 쓸모없게 되어버린 시간. 모든 것들이 어쩔 수 없는 어둠으로 젖어버리고 나는 또 한 번의 저녁이 지나갔다는 사실에 깊은 상심에 빠져버린다."

당신이 적어놓은 글을 읽었습니다.
몇 번이나 반복해서 읽었습니다.
믿고 싶지 않았기 때문입니다.

귀갓길의 달은 아름답습니다.

그림자의 어깨를 치고 가는 사람은 없으니까요.

괜찮지 않은 일은 없는 것입니다.

그런데 어떻게 상처가 아닐 수 있는 거죠.

이제 문을 닫으려고요.
아무것도 없다는 사실도 잊을 겁니다.
문이 닫히고 나면
남은 일은 문을 열고 나서는 것. 그러니,

천천히 들려줘요. 내게.
이다음 봄에 우리는,
어떻게 되는 걸까요.

아침달 시집 22

이다음 봄에 우리는

1판 1쇄 펴냄 2021년 11월 22일
1판 6쇄 펴냄 2025년 1월 1일

지은이 유희경
큐레이터 김소연, 김언, 유계영
편집 서윤후, 송승언, 정채영, 이기리
디자인 정유경, 한유미

펴낸곳 아침달
펴낸이 손문경
출판등록 제2013-000289호
주소 04029 서울시 마포구 양화로7길 83, 5층
전화 02-3446-5238
팩스 02-3446-5208
전자우편 achimdalbooks@gmail.com

© 유희경, 2021
ISBN 979-11-89467-33-3 03810

값 12,000원

이 도서는 한국출판문화산업진흥원의 '2021년 우수출판콘텐츠 제작 지원' 사업 선정작입니다.

아침달